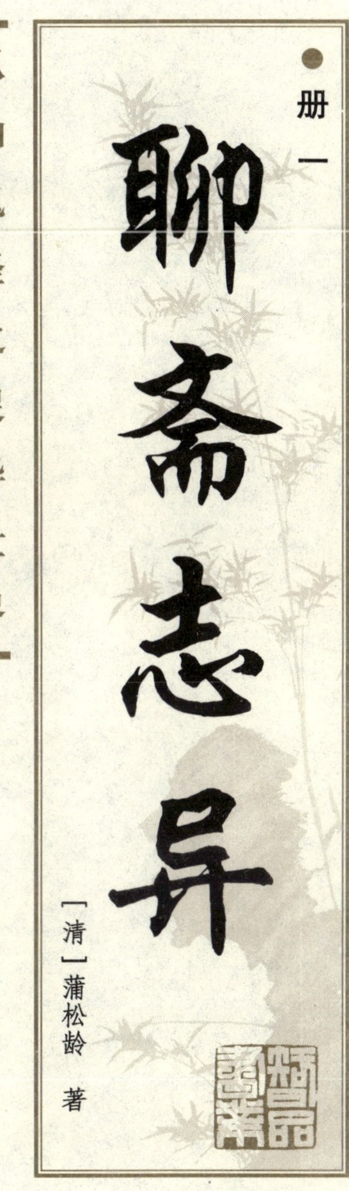

册一

聊斋志异

[清] 蒲松龄 著

狐仙鬼怪之灵异世界

万卷出版公司

总序

中华文明的历程，源远流长，据地下出土的实物考证，迄殷商之际，就已经出现文明起源的标志——文字。此种文字，或刻于甲骨，或铭于青铜，概因材料限制，所记史事无不约略而简明。春秋时期，简牍出现，而后缣帛流传于世。但仍未步入寻常百姓家。直到纸张的出现，典籍才真正扩大了传播的范围。

璀璨的中华民族文化典籍，先后在这些载体中延续，为后世留下了一笔宝贵的精神财富。延至唐代，雕版印刷术的发明，加快了典籍的传播进程。有宋以来，活字印刷术的出现，使大批量典籍的印制成为可能。刻书不再为官府独有，开始转向了民间。两宋三百一十六年间，刻书事业最为兴盛，据不完全统计，官私刻书竟达一万多种，而印刷数量更是以千万来计，各种名目的图书进入了百姓之家。即便元代，历时虽不足百年，但是刻书数目也达到三千多种，数量蔚为可观。

然而，随着朝代更迭，『兵燹』与『祸乱』盛行，各种典籍散佚极其严重，加之历代执政者焚书，传世典籍已经日趋珍惜。至明清，唐、五代时期所刻典籍，如片鳞只甲，大多湮没于世；而宋元时期所刻典籍，亦所剩无多。宋版书千金难求，一旦偶获，即被奉为瑰宝。无怪乎清代版本学家、校勘学家顾千里发出这样的慨叹：『宋元本距今远者八百余年，近者不足五百年，而天壤间乃已万不一存。』

时至今日，文物古籍已成稀世之宝，多被束之高阁，藏于各大图书馆、博物馆之中。随科技的进步，通过高超的影印技术可以把古籍真实地还原出来，让人思接千载，神游万仞。但是令广大读者遗憾的是，面对这些缺乏句读、艰涩的辞句，聱牙的文言，真能入乎其中、探骊得珠者，为数甚少。而境外诸邦，咸称中国传统文化，

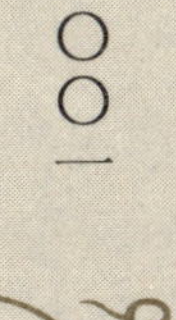

尊奉其为修身真理，治世良策。有鉴于此，新排古籍应运而生。这种融古今于一体的出版方式，真正适应了大众读者的需求。它采用了古籍的形式，加入现代人的阐释和解读，这些曾闪现在历史长河中鲜为人知的思想火花，一时呈现出绚丽的光芒，有力地推动了中华文化在海内外的传播和发展。

手工线订产品系列，主要包括国学经典和国学艺术两大类，正是针对古籍出版来尝试的一种承续形式。国学经典类对传统古籍披沙拣金、层层筛选经史子集各种书目，择取其中最为世人熟知，最能代表文化精髓者；再精选历代善本，邀专家注解，并用白话文再现古圣先贤的智慧。国学艺术类利用先进技术，四色或者双色印刷，力求还原传世典藏的本来面目及其独特魅力。使中华文化的香火传之久远，并泽及后世，这不仅是智品藏书全员的衷心，更是华夏同仁的殷切期盼。

前言

『写鬼写妖高人一筹，刺贪刺虐入木三分』，《聊斋志异》堪称是中国古典短篇小说之巅峰，它为我们构筑了一个狐鬼神仙的奇幻世界。此书为清代文学家蒲松龄的代表作，『聊斋』是他的书屋名称，『志』是记述之意，『异』指奇异的故事。书中展现的奇诡伎俩使《聊斋志异》变得更加生动鲜活；演绎的曲折故事也使黯淡的生活多出了许多幽默、诙谐，甚至正气、豪情。三百多年来，一直打动着每一位看到、听到、想到它的人。

明末志怪群书，大抵简略，又多荒怪，诞而不情。《聊斋志异》独于详尽之处，以示平常，使花妖狐魅，多是人情，和易可亲，忘为异类，而又偶见鹘突，知复非人。老舍评价说：『鬼狐有性格，笑骂成文章。』鲁迅在《中国小说史略》中说到：『《聊斋志异》不外记神仙狐鬼精魅故事，然描写委曲，叙次井然，……又或易调改弦，别叙畸人异行，出于幻域，顿入人间；偶叙琐闻，亦多简洁，故读者耳目，为之一新。』我们会笑《崂山道士》中一头撞墙跌倒在地、头起大包的王生可怜；我们会骂《瞳人语》中窥探美色、眯目失明的方生活该；我们会哭《叶生》中那份魂伴知己、圆情忘死的系牵；我们会慕《香玉》中那种生死相依、惊动天地的爱情……在这里，蒲松龄在书中把所有虚伪和困顿一一展开，将全部真诚和理想付诸实践。穿透时空的阻隔，获得不同时代、不同读者的欣赏和认同，给人以深刻地启示与思索。

时至今日，这部经典之作仍以其独特魅力，吸引着越来越多的人争相阅读。为了满足广大读者

的需求，我们参照各经典版本，遴选经典篇章，整理、出版了这本书。文章总体风格简洁易懂，通常读者一气读来也能掌握十之八九。而附注释的目的是为满足读者进一步的阅读需求，力求帮助读者更加完整地领略这部经典。文章中相应的场景插图，更可使读者在文字阅读的同时获得形象、直观的感受。

一部《聊斋志异》把理想和现实的矛盾与互动发挥得淋漓尽致。那就让我们走进这部经典，在狐鬼神仙的奇幻时空中一起来领略当年蒲松龄笔下之真意。

目录

册一

目录

目录

目录

目录

目录

卷一

考城隍

予姊丈之祖宋公，讳[①]焘，邑廪生[②]。一日，病卧，见吏人持牒，牵白颠马[③]来，云：『请赴试。』公言：『文宗[④]未临[⑤]，何遽得考？』吏不言，但敦促之。公力病乘马从去，路甚生疏。至一城郭，如王者都。移时入府廨[⑥]，宫室壮丽。上坐十余官，都不知何人，惟关壮缪[⑦]可识。檐下设几、墩各二，先有一秀才坐其末，公便与连肩。几上各有笔札。俄题纸飞下。视之，八字云：『一人二人，有心无心。』二公文成，呈殿上。公文中有云：『有心为善，虽善不赏；无心为恶，虽恶不罚。』诸神传赞不已。召公上，谕曰：『河南缺一城隍[⑧]，君称其职。』公方悟，顿首泣曰：『辱膺宠命，何敢多辞。但老母七旬，奉养无人，请得终其天年，惟听录用。』上一帝王像者，即命稽母寿籍。有长须吏，捧册翻阅一过，曰：『有阳算九年。』共踌躇间，关帝曰：『不妨令张生摄篆[⑨]九年，瓜代可也。』乃谓公：『应即赴任；今推仁孝之心，给假九年。及期当复相召。』又勉励秀才数语。二公稽首并下。秀才握手，送诸郊野，自言长山张某。以诗赠别，都忘其词，中有『有花有酒春常在，无烛无灯夜自明』之句。

公既骑，乃别而去。及抵里，豁若梦寤。时卒已三日。母闻棺中呻吟，扶出，半日始能语。问之长山，果有张生，于是日死矣。后九年，母果卒。营葬既毕，浣濯入室而没。其岳家居城中西门里，忽见公镂膺朱幩，舆马甚众，登其堂，一拜而行。相共惊疑，不知其为神；奔询乡中，则已殁矣。公有自记小传，惜乱后无存，此其略耳。

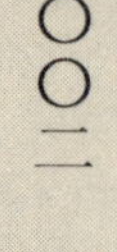

注释

①讳：旧时对帝王尊长不直称其名，避其名讳。

②廪生：指廪膳生员，是封建科举制度中生员名目之一。明府、州、县学生员每人每月都给廪米六斗，用来补助生活。清沿其制，名额因州、县大小而不同。

③白颠马：即指白额马。颠，指额。《诗·秦风·车邻》：『有车邻邻，有马白颠。』朱熹注：『白颠，额有白毛，今谓之的颡。』

④文宗：指众人敬仰的文章大家。《后汉书·崔骃传》：『崔为文宗，世禅雕龙。』清代时指省级学官提督学政。

⑤临：即案临。清代科举制度规定，各省学政在三年任期内依次到本省各地考试生员。

⑥府廨：指旧时对官府衙门的通称。

⑦关壮缪：指三国时蜀汉大将关羽。关羽，字云长，河东解县（今山西临猗县西南）人。死后追谥『壮缪侯』。

⑧城隍：指神话传说中负责守护城池的神，后为道教所信奉。

⑨摄篆：此处指代理官职。摄，代理。篆，旧时的印信上刻有篆文，故以此代指官印。

瞳人语

长安①士方栋，颇有才名，而佻脱②不持仪节。每陌上见游女，辄轻薄尾缀之。清明前一日，偶

步郊郭。见一小车，朱茀③绣幰④，青衣⑤数辈，款段⑥以从。内一婢，乘小驷，容光绝美。稍稍近觇之，见车幔洞开，内坐二八女郎，红妆艳丽，尤生平所未睹。目炫神夺，瞻恋弗舍，或先或后，从驰数里。忽闻女郎呼婢近车侧，曰：『为我垂帘下。何处风狂儿郎，频来窥瞻！』婢乃下帘，怒顾生曰：『此芙蓉城⑦七郎子新妇归宁，非同田舍娘子，放教秀才胡觑！』言已，掬辙土扬生。

生眯，目不可开。才一拭视，而车马已渺。惊疑而返，觉目终不快。倩人启睑拨视，则睛上生小翳⑧；经宿益剧，泪簌簌不得止；翳渐大，数日厚如钱；右睛起旋螺，百药无效。懊闷欲绝，颇思自忏悔。闻《光明经》能解厄，持一卷，浼人教诵。初犹烦躁，久渐自安。旦晚无事，惟趺坐捻珠⑨。持之一年，万缘俱净。忽闻左目中小语如蝇，曰：『黑漆似，叵耐杀人！』右目中应曰：『可同小遨游，出此闷气。』渐觉两鼻中，蠕蠕作痒，似有物出，离孔而去。久之乃返，复自鼻入眶中。又言曰：『许时不窥园亭，珍珠兰遽枯瘠死！』生素喜香兰，园中多种植，日常自灌溉；自失明，久置不问。忽闻此言，遽问妻：『兰花何使憔悴死？』妻诘其所自知，因告之故。妻趋验之，花果槁矣。大异之。静匿房中以俟之，见有小人自生鼻内出，大不及豆，营营⑩然竟出门去。渐远，遂迷所在。俄，连臂归，飞上面，如蜂蚁之投穴者。如此二三日。又闻左言曰：『隧道⑪迂，还往甚非所便，不如自启门。』右应曰：『我壁子厚，大不易。』左曰：『我试辟，得与尔俱。』遂觉左眶内隐似抓裂。少顷，开视，豁见几物。喜告妻。妻审之，则脂膜破小窍，黑睛荧荧，才如劈椒⑫。越一宿，幛尽消。细视，竟重瞳也。但右目旋螺如故，乃知两瞳人合居一眶矣。生虽一目眇，而较之双目者，殊更了了。由是益自检束，乡中称盛德焉。

异史氏曰⑬：乡有士人，偕二友于途，遥见少妇控驴出其前，戏而吟曰：『有美人兮！』顾二友曰：

『驱之！』相与笑骋，俄追及，乃其子妇，心赧气丧，默不复语。友伪为不知也者，评骘殊亵。士人忸怩，吃吃而言曰：『此长男妇也。』各隐笑而罢。轻薄者往往自侮，良可笑也。至于眯目失明，又鬼神之惨报矣。芙蓉城主，不知何神，岂菩萨现身耶？然小郎君生辟门户，鬼神虽恶，亦何尝不许人自新哉。

注释

①长安：原指今陕西省西安市。在旧时文学作品中常代指国都。

②佻脱：轻佻、轻率。

③茀：车帘。

④幰：车上的帷幔。

⑤青衣：古时地位低下的人常穿青衣，后以此代称婢女。

⑥款段：指款段马，行动迟缓的马。此处指骑着马慢慢走。

⑦芙蓉城：指神话传说中的仙境。

⑧翳：一种眼疾，遮盖瞳孔的薄膜。

⑨珠：佛珠，亦称『数珠』，梵语意译。常用香木、玛瑙或玉石制作，少者十四颗，多者一千零八颗。

⑩营营：来往匆忙的样子。

⑪隧道：原指地下暗道。此处指眼睛通往鼻孔的道路。

⑫劈椒：指裂开的花椒里的黑籽，俗名为『椒目』。此处形容瞳孔。

⑬异史氏曰：指《聊斋志异》中所用的一种论赞体例，便于作者直接发表议论。异史氏，是作者蒲松

龄的自称。

画壁

江西孟龙潭，与朱孝廉①客都中。偶涉一兰若，殿宇禅舍，俱不甚弘敞，惟一老僧挂褡②其中。见客入，肃衣出迓，导与随喜③。殿中塑志公像，两壁画绘精妙，人物如生。东壁画散花天女④，内一垂髫者，拈花微笑，樱唇欲动，眼波将流。

朱注目久，不觉神摇意夺，恍然凝思；身忽飘飘，如驾云雾，已到壁上。见殿阁重重，非复人世。一老僧说法座上，偏袒绕视者甚众。朱亦杂立其中。少间，似有人暗牵其裾。回顾，则垂髫儿，辗然竟去。履即从之，过曲栏，入一小舍，朱次且不敢前。女回首，摇手中花，遥遥作招状，乃趋之。舍内寂无人，遽拥之，亦不甚拒，遂与狎好。既而闭户去，嘱勿咳。夜乃复至，如此二日。女伴觉之，共搜得生，戏谓女曰：『腹内小郎已许大，尚发蓬蓬学处子耶？』共捧簪珥，促令上鬟。女含羞不语。一女曰：『妹妹姊姊，吾等勿久住，恐人不欢。』群笑而去。生视女，髻云高簇，鬟凤低垂，比垂髫时尤艳绝也。四顾无人，渐入猥亵，兰麝熏心，乐方未艾。忽闻吉莫靴铿铿甚厉，缧锁锵然；旋有纷嚣腾辨之声。女惊起，与生窃窥，则见一金甲使者，黑面如漆，绾锁拿槌，众女环绕之。使者曰：『全未？』答言：『已全。』使者曰：『如有藏匿下界人，即共出首，勿贻伊戚。』又同声言：『无。』使者反身鹗顾，似将搜匿。女大惧，面如死灰，张皇谓朱曰：『可急匿榻下。』乃启壁上小扉，猝遁去。朱伏，不敢少息。俄闻靴声至房内，复出。未几，烦喧渐远，心稍安；然户外辄有往来语论者。朱跼蹐既久，觉耳际蝉鸣，目中火出，

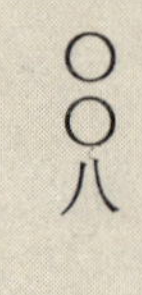

景状殆不可忍，惟静听以待女归，竟不复忆身之何自来也。

时孟龙潭在殿中，转瞬不见朱，疑以问僧。僧笑曰：『往听说法去矣。』问：『何处？』曰：『不远。』少时，以指弹壁而呼曰：『朱檀越！何久游不归？』旋见壁间画有朱像，倾耳伫立，若有听察。僧又呼曰：『游侣久待矣！』遂飘忽自壁而下，灰心木立，目瞪足软。孟大骇，从容问之。盖方伏榻下，闻扣声如雷，故出房窥听也。共视拈花人，螺髻翘然，不复垂髫矣。朱惊拜老僧，而问其故。僧笑曰：『幻由人生，贫道何能解！』朱气结而不扬，孟心骇而无主。即起，历阶而出。

异史氏曰：幻由人生，此言类有道者。人有淫心，是生亵境；人有亵心，是生怖境。菩萨点化愚蒙，千幻并作，皆人心所自动耳。老婆心切，惜不闻其言下大悟，披发入山也。

注释

①孝廉：是孝顺父母、办事廉正之意，原为汉代考察官吏的重要科目。明清时称举人为孝廉。

②挂褡：游方僧人投宿暂住之意，也被称作『挂单』。褡，指僧衣。旧时游方僧人投宿寺院时，不能把衣钵和锡杖放在地上，而要挂起来，故称。

③随喜：佛教用语，意谓随己所喜，即随意向僧人布施财物。后称游观寺院为随喜。

④散花天女：指佛经故事中的神女。

王六郎

许姓，家淄之北郭①，业渔。每夜携酒河上，饮且渔。饮则酹地②，祝云：『河中溺鬼得饮。』

以为常。他人渔，迄无所获，而许独满筐。

一夕，方独酌，有少年来，徘徊其侧。让之饮，慨与同酌。既而终夜不获一鱼，意颇失。少年起曰：『请于下流为君驱之。』遂飘然去。少间，复返曰：『鱼大至矣。』果闻唼呷有声。举网而得数头，皆盈尺。喜极，申谢。欲归，赠以鱼，不受，曰：『屡叨佳酝，区区何足云报。如不弃，要当以为常耳。』许曰：『方共一夕，何言屡也？如肯永顾，诚所甚愿，但愧无以为情。』询其姓字③，曰：『姓王，无字，相见可呼王六郎。』遂别。明日，许货鱼。益，沽酒。晚至河干，少年已先在，遂与欢饮。饮数杯，辄为许驱鱼。

如是半载，忽告许曰：『拜识清扬，情逾骨肉。然相别有日矣。』语甚凄楚。惊问之。欲言而止者再，乃曰：『情好如吾两人，言之或勿讶耶？今将别，无妨明告：我实鬼也。素嗜酒，沉醉溺死，数年于此矣。前君之获鱼，独胜于他人者，皆仆之暗驱，以报酹奠耳。明日业满，当有代者，将往投生。相聚只今夕，故不能无感。』许初闻甚骇；然亲狎既久，不复恐怖。因亦欷歔，酌而言曰：『六郎饮此，勿戚也。相见遽违，良足悲恻。然业满劫脱，正宜相贺，悲乃不伦。』遂与畅饮。因问：『代者何人？』曰：『兄于河畔视之，亭午，有女子渡河而溺者，是也。』听村鸡既唱，洒涕而别。

明日，敬伺河，边以觇其异。果有妇人抱婴儿来，及河而堕。儿抛岸上，扬手掷足而啼。妇沉浮者屡矣，忽淋淋攀岸以出，藉地少息，抱儿径去。当妇溺时，意良不忍，思欲奔救；转念是所以代六郎者，故止不救。及妇自出，疑其言不验。抵暮，渔旧处，少年复至，曰：『今又聚首，且不言别矣。』问其故。曰：『女子已相代矣；仆怜其抱中儿，代弟一人，遂残二命，故舍之。

更代不知何期。或吾两人之缘未尽耶？』许感叹曰：『此仁人之心，可以通上帝矣。』由此相聚如初。数日，又来告别。许疑其复有代者。曰：『非也。前一念恻隐，果达帝天。今授为招远县邬镇土地，来朝赴任。倘不忘故交，当一往探，勿惮修阻。』许贺曰：『君正直为神，甚慰人心。但人神路隔，即不惮修阻，将复如何？』少年曰：『但往，勿虑。』再三叮咛而去。

许归，即欲制装东下。妻笑曰：『此去数百里，即有其地，恐土偶不可以共语。』许不听，竟抵招远。问之居人，果有邬镇。寻至其处，息肩逆旅，问祠所在。主人惊曰：『得无客姓为许？』许曰：『然。何见知？』又曰：『得勿客邑为淄？』曰：『然。何见知？』主人不答，遽出。俄而丈夫抱子，媳女窥门，杂沓而来，环如墙堵。许益惊。众乃告曰：『数夜前，梦神言：淄川许友当即来，可助一资斧[4]。祗候已久。』许亦异之，乃往祭于祠而祝曰：『别君后，寤寐不去心，远践曩约。又蒙梦示居人，感篆中怀。愧无腆物[5]，仅有卮酒，如不弃，当如河上之饮。』祝毕，焚钱纸。俄见风起座后，旋转移时，始散。至夜，梦少年来，衣冠楚楚，大异平时，谢曰：『远劳顾问，喜泪交并。但任微职，不便会面，咫尺河山，甚怆于怀。居人薄有所赠，聊酬夙好。归如有期，尚当走送。』

居数日，许欲归，众留殷勤，朝请暮邀，日更数主。许坚辞欲行。众乃折柬抱补，争来致赆[6]，不终朝，馈遗盈橐。苍头稚子毕集，祖送[7]出村，欻有羊角风起，随行十余里。许再拜曰：『六郎珍重！勿劳远涉。君心仁爱，自能造福一方，无庸故人嘱也。』风盘旋久之，乃去。村人亦嗟讶而返。许归，家稍裕，遂不复渔。后见招远人问之，其灵应如响云。或言：即章丘石坑庄。未知孰是。

异史氏曰：置身青云[8]，无忘贫贱，此其所以神也。今日车中贵介[9]，宁复识戴笠人哉？余乡有

林下者，家綦贫。有童稚交，任肥秩⑩，计投之必相周顾。竭力办装，奔涉千里，殊失所望；泻囊货骑，始得归。其族弟甚谐，作月令嘲之云：『是月也，哥哥至，貂帽解，伞盖不张，马化为驴，靴始收声。』念此可为一笑。

注释

①郭：外城，此处指城郊。

②酹地：指把酒洒在地上以祭鬼神。

③字：指表字。是古代男子在名字之外，为自己取得与本名意义相关的别名。

④资斧：指路费。《易·旅》：『旅于处，得其资斧。』

⑤腆物：指丰厚的礼物。腆，丰厚。

⑥赆：临别时赠送的礼物。

⑦祖送：指送别。祖，出行之前祭祀路神，后来引申为敬酒饯行。

⑧青云：指高空，后来喻指高官。

⑨贵介：指地位尊贵的大人物。介，大。

⑩肥秩：肥缺。秩，指官吏的俸禄，也指官位的品级。

劳山道士

邑有王生，行七，故家子。少慕道，闻劳山①多仙人，负笈往游。登一顶，有观宇甚幽。一道士坐蒲团上，素发垂领，而神光爽迈。叩而与语，理甚玄妙②。请师之。道士曰：『恐娇惰不能作苦。』答言：『能之。』其门人甚众，薄暮毕集。王俱与稽首，遂留观中。

凌晨，道士呼王去，授一斧，使随众采樵。王谨受教。过月余，手足重茧，不堪其苦，阴有归志。一夕归，见二人与师共酌，日已暮，尚无灯烛。师乃剪纸如镜，粘壁间。俄顷，月明辉室，光鉴毫芒。诸门人环听奔走。一客曰：『良宵胜乐，不可不同。』乃于案上取酒壶，分赉③诸徒，且嘱尽醉。王自思：七八人，壶酒何能遍给？遂各觅盎盂④，竞饮先釂⑤，唯恐樽⑥尽；而往复挹注⑦，竟不少减。心奇之。俄一客曰：『蒙赐月明之照，乃尔寂饮。何不呼嫦娥来？』乃以箸掷月中。见一美人，自光中出。初不盈尺，至地，遂与人等。纤腰秀项，翩翩作『霓裳舞』⑧。已而歌曰：『仙仙乎，而还乎！而幽我于广寒乎！』其声清越，烈如箫管。歌毕，盘旋而起，跃登几上，惊顾之间，已复为箸。三人大笑。又一客曰：『今宵最乐，然不胜酒力矣。其饯我于月宫，可乎？』三人移席，渐入月中。众视三人，坐月中饮，须眉毕见，如影之在镜中。移时，月渐暗，门人燃烛来，则道士独坐而客杳矣。几上肴核尚故。壁上月，纸圆如镜而已。道士问众：『饮足乎？』曰：『足矣。』『足宜早寝，勿误樵苏。』众诺而退。王窃欣慕，归念遂息。

又一月，苦不可忍，而道士并不传教一术。心不能待，辞曰：『弟子数百里受业仙师，纵不能得长生术，或小有传习，亦可慰求教之心；今阅两三月，不过早樵而暮归。弟子在家，未谙此苦。』道士笑曰：『吾固谓不能作苦，今果然。明早当遣汝行。』王曰：『弟子操作多日，师略授小技，此来为不负也。』道士问：『何术之求？』王曰：『每见师行处，墙壁所不能隔，但得此法足矣。』道士笑而允之。

乃传一诀，令自咒毕，呼曰：『入之！俯首辄入，勿逡巡！』王果去墙数步奔而入，及墙，虚若无物，回视，果在墙外矣。大喜，入谢。道士曰：『归宜洁持，否则不验。』遂助资斧遣归。抵家，自诩遇仙，坚壁所不能阻，妻不信。王效其作为，去墙数尺，奔而入；头触硬壁，蓦然而踣。妻扶视之，额上坟起，如巨卵焉。妻揶揄之。王惭忿，骂老道士之无良而已。

异史氏曰：闻此事，未有不大笑者，而不知世之为王生者，正复不少。今有伧父，喜疢毒而畏药石，遂有吮痈舐痔者，进宜威逞暴之术，以迎其旨，诒之曰：『执此术也以往，可以横行而无碍。』初试未尝不小效，遂谓天下之大，举可以如是行矣，势不至触硬壁而颠蹶不止也。

注释

①劳山：指崂山，在今山东青岛市东北，有上清宫、白云洞等名胜古迹。

②玄妙：幽深微妙，难以言表。《老子》：『玄之又玄，众妙之门。』

③分赉：分别赏赐。赉，赏赐。

④盎盂：盛汤水的器具。盎，大腹而小口；盂，宽口而敛底。

⑤釂：喝完杯中之酒。

⑥樽：盛酒的器具。

⑦挹注：从大盛器倒入小盛器，此处指从酒壶倒入酒杯。《诗·大雅》：『酌彼行潦，挹彼注。』

⑧『霓裳舞』：指《霓裳羽衣舞》，是唐代宫廷盛行的一种舞蹈。

狐嫁女

历城殷天官①，少贫，有胆略。邑有故家之第，广数十亩，楼宇连亘。常见怪异，以故废无居人。久之，蓬蒿渐满，白昼亦无敢入者。会公与诸生饮，或戏云：『有能寄此一宿者，共醵为筵。』公跃起曰：『是亦何难！』携一席往。众送诸门，戏曰：『吾等暂候之，如有所见，当急号。』公笑云：『有鬼狐，当捉证耳。』

遂入，见长莎蔽径，蒿艾如麻。时值上弦，幸月色昏黄，门户可辨。摩娑数进，始抵后楼。登月台，光洁可爱，遂止焉。西望月明，惟衔山一线耳。坐良久，更无少异，窃笑传言之讹。席地枕石，卧看牛女②。

一更向尽，恍惚欲寐。楼下有履声，籍籍而上。假寐睨之，见一青衣人，挑莲灯，猝见公，惊而却退。语后人曰：『有生人在。』下问：『谁何？』答云：『不识。』俄一老翁上，就公谛视，曰：『此殷尚书，其睡已酣。但办吾事，相公倜傥，或不叱怪。』乃相率入楼，楼门尽辟。移时，往来者益众。楼上灯辉如昼。公稍稍转侧，作嚏咳。翁闻公醒，乃出，跪而言曰：『小人有箕帚女，今夜于归。不意有触贵人，望勿深罪。』公起，曳之曰：『不知今夕嘉礼③，惭无以贺。』翁曰：『贵人光临，压除凶煞，幸矣。即烦陪坐，倍益光宠。』公喜，应之。入视楼中，陈设绮丽。遂有妇人出拜，年可四十余。翁曰：『此拙荆。』公揖之。俄闻笙乐聒耳，有奔而上者，曰：『至矣！』翁趋迎，公亦立俟。

少间，笼纱一簇，导新郎入。年可十七八，丰采韶秀。翁命先与贵客为礼。少年目公。公若为傧，执半主礼。次翁婿交拜，已，乃即席。少间，粉黛云从，酒胾雾霈，玉碗金瓯，光映几案。酒数行，

翁唤女奴请小姐来。女奴诺而入，良久不出。翁自起，搴帏促之。俄婢媪辈拥新人出，环佩璆然，麝兰散馥。翁命向上拜。起，即坐母侧。微目之，翠凤明珰，容华绝世。既而酌以金爵，大容数斗。公思此物可以持验同人，阴内袖中。伪醉隐几，颓然而寝。皆曰：『相公醉矣。』居无何，闻新郎告行，笙乐暴作，纷纷下楼而去。已而主人敛酒具，少一爵，冥搜不得。或窃议卧客。翁急戒勿语，惟恐公闻。移时，内外俱寂。公始起。暗无灯火，惟脂香酒气，充溢四堵。视东方既白，乃从容出。探袖中，金爵犹在。及门，则诸生先候，疑其夜出而早入者。公出爵示之。众骇问，公以状告。共思此物非寒士所有，乃信之。

后公举进士，任肥丘。有世家朱姓宴公，命取兕觥[4]，久之不至。有细奴[5]掩口与主人语，主人有怒色。俄奉金爵劝客饮。谛视之，款式雕文，与狐物更无殊别。大疑，问所从制。答云：『爵凡八只，大人为京卿时，觅良工监制。此世传物，什袭已久。缘明府辱临，适取诸箱簏，仅存其七，疑家人所窃取；而十年尘封如故，殊不可解。』公笑曰：『金杯羽化[6]矣。然世守之珍不可失。仆有一具，颇近似之，当以奉赠。』终筵归署，拣爵持送之。主人审视，骇绝。亲诣谢公，诘所自来，公为历陈颠末。始知千里之物，狐能摄致，而不敢终留也。

注释

①殷天官：指明嘉靖进士殷士儋。殷士儋，字正甫，曾任吏部尚书。唐朝时曾将吏部改称天官，后人便以天官代指吏部。此处是对吏部尚书的敬称。

②牛女：指牛郎星和织女星。

③嘉礼：为古代五礼之一，是指饮宴婚冠、节庆活动方面的礼节仪式。此处是指婚礼。

④兕觥：指大酒杯。《诗·小雅·桑扈》：『兕觥其觩，旨酒思柔。』此处指金杯。

⑤细奴：小僮。

⑥羽化：指道教中的羽化成仙。此处戏指酒杯丢失。

娇娜

孔生雪笠，圣裔也。为人蕴藉，工诗。有执友令天台，寄函招之。生往，令适卒，落拓不得归，寓菩陀寺，佣为寺僧抄录。寺西百余步，有单先生第，先生故公子，以大讼萧条，眷口寡，移而乡居，宅遂旷焉。

一日，大雪崩腾，寂无行旅。偶过其门，一少年出，丰采甚都。见生，趋与为礼，略致慰问，即屈降临。生爱悦之，慨然从入。屋宇都不甚广，处处悉悬锦幕，壁上多古人书画。案头书一册，签曰《琅环琐记》。翻阅一过，皆目所未睹。生以居单第，以为第主，即亦不审官阀。少年细诘行踪，意怜之，劝设帐授徒。生叹曰：『羁旅之人，谁作曹丘①者？』少年曰：『倘不以驽骀见斥，愿拜门墙。』生喜，不敢当师，请为友。便问：『宅何久锢？』答曰：『此为单府，曩以公子乡居，是以久旷。仆，皇甫氏，祖居陕。以家宅焚于野火，暂借安顿。』生始知非单。当晚谈笑甚欢，即留共榻。

昧爽，即有僮子炽炭火于室。少年先起入内，生尚拥被坐。僮入，白：『太翁来。』生惊起。一叟入，鬓发皤然，向生殷谢曰：『先生不弃顽儿，遂肯赐教。小子初学涂鸦，勿以友故，行辈视之也。』已，

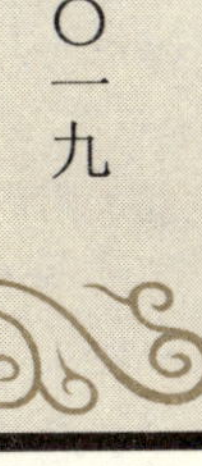

乃进锦衣一袭，貂帽、袜、履各一事。视生盥栉已，乃呼酒荐馔。几、榻、裙、衣，不知何名，光彩射目。酒数行，叟兴辞，曳杖而去。餐讫，公子呈课业，类皆古文词，并无时艺②。问之，笑云：『仆不求进取也。』抵暮，更酌曰：『今夕尽欢，明日便不许矣。』呼僮曰：『视太公寝未；已寝，可暗唤香奴来。』僮去，先以绣囊将琵琶至。少顷，一婢入，红妆艳艳。公子命弹《湘妃》，婢以牙拨勾动，激扬哀烈，节拍不类夙闻。又命以巨觞行酒，三更始罢。次日，早起共读。公子最慧，过目成咏，二三月后，命笔警绝。相约五日一饮，每饮必招香奴。一夕，酒酣气热，目注之。公子已会其意，曰：『此婢乃为老父所豢养。兄旷邈无家，我夙夜代筹久矣，行当为君谋一佳耦。』生曰：『如果惠好，必如香奴者。』公子笑曰：『君诚「少所见而多所怪」者矣。以此为佳，君愿亦易足也。』居半载，生欲翱翔郊郭，至门，则双扉外扃，问之，公子曰：『家君恐交游纷意念，故谢客耳。』生亦安之。

时盛暑溽热，移斋园亭。生胸间肿起如桃，一夜如碗，痛楚呻吟。公子朝夕省视，眠食俱废。又数日，创剧，益绝食饮。太翁亦至，相对太息。公子曰：『儿前夜思先生清恙，娇娜妹子能疗之，遣人于外祖母处呼令归。何久不至？』俄僮入白：『娜姑至，姨与松姑同来。』父子即趋入内。少间，引妹来视生。年约十三四，娇波流慧，细柳生姿。生望见艳色，呻顿忘，精神为之一爽。公子便言：『此兄良友，不啻同胞也，妹子好医之。』女乃敛羞容，揄长袖，就榻诊视。把握之间，觉芳气胜兰。女笑曰：『宜有是疾，心脉动矣。然症虽危，可治；但肤块已凝，非伐皮削肉不可。』乃脱臂上金钏安患处，徐徐按下之。创突起寸许，高出钏外，而根际余肿，尽束在内，不似前如碗阔矣。乃一手启罗衿，解佩刀，刃薄于纸，把钏握刃，轻轻附根而割，紫血流溢，沾染床席。生贪近娇姿，不惟不觉其苦，且

恐速竣割事，偎傍不久。未几，割断腐肉，团团然如树上削下之瘿。又呼水来，为洗割处。口吐红丸，如弹大，着肉上，按令旋转；才一周，觉热火蒸腾；再一周，习习作痒；三周已，遍体清凉，沁入骨髓。女收丸入咽，曰：『愈矣！』趋步出。

生跃起走谢，沉痼若失。而悬想容辉，苦不自已。自是废卷痴坐，无复聊赖。公子已窥之，曰：『弟为物色，得一佳偶。』问：『何人？』曰：『亦弟眷属。』生凝思良久，但云：『勿须也！』面壁吟曰：『曾经沧海难为水，除却巫山不是云。』公子会其旨，曰：『家君仰慕鸿才，常欲附为婚姻。但止一少妹，齿太稚。有姨女阿松，年十八矣，颇不粗陋。如不见信，松姊日涉园亭，伺前厢，可望见之。』生如其教，果见娇娜偕丽人来，画黛弯蛾，莲钩蹴凤，与娇娜相伯仲也。生大悦，求公子作伐。公子异日自内出，贺曰：『谐矣。』乃除别院，为生成礼。是夕，鼓吹阗咽，尘落漫飞，以望中仙人，忽同衾幄，遂疑广寒宫殿，未必在云霄矣。合卺之后，甚惬心怀。

一夕，公子谓生曰：『切磋之惠，无日可以忘之。近单公子解讼归，索宅甚急，意将弃此而西。势难复聚，因而离绪萦怀。』生愿从去。公子劝还乡闾，生难之。公子曰：『勿虑，可即送君行。』无何，太翁引松娘至，以黄金百两赠生。公子以左右手与生夫妇相把握，嘱闭目勿视。飘然履空，但觉耳际风鸣，久之曰：『至矣。』启目，果见故里。始知公子非人。喜叩家门，母出非望，又睹美妇，方共忻慰。及回顾，则公子逝矣。松娘事姑孝；艳色贤名，声闻遐迩。

后生举进士，授延安司李，携家之任。母以道远不行。松娘生一男，名小宦，生以忤直指，罢官，挂碍不得归。偶猎郊野，逢一美少年，跨骊驹，频频瞻视。细看，则皇甫公子也。揽辔停骖，悲喜交至。

邀生去，至一村，树木浓昏，荫翳天日。入其家，则金沤浮钉，宛然世家。问妹子已嫁；岳母已亡，深相感悼。经宿别去，偕妻同返。娇娜亦至，抱生子掇提而弄曰：『姊姊乱吾种矣。』生拜谢曩德。笑曰：『姊夫贵矣。创口已合，未忘痛耶？』妹夫吴郎，亦来谒拜。信宿乃去。

一日，公子有忧色，谓生曰：『天降凶殃，能相救否？』生不知何事，但锐自任。公子趋出，招一家俱入，罗拜堂上。生大骇，亟问。公子曰：『余非人类，狐也。今有雷霆之劫。君肯以身赴难，一门可望生全；不然，请抱子而行，无相累。』生矢共生死。乃使仗剑于门，嘱曰：『雷霆轰击，勿动也！』生如所教。果见阴云昼暝，昏黑如磐。回视旧居，无复闬闳，惟见高冢岿然，巨穴无底。方错愕间，霹雳一声，摆簸山岳，急雨狂风，老树为拔。生目眩耳聋，屹不少动。忽于繁烟黑絮之中，见一鬼物，利喙长爪，自穴攫一人出，随烟直上。瞥睹衣履，念似娇娜。乃急跃离地，以剑击之，随手堕落。忽而崩雷暴裂，生仆，遂毙。

少间，晴霁，娇娜已能自苏。见生死于旁，大哭曰：『孔郎为我而死，我何生矣！』松娘亦出，共舁生归。娇娜使松娘捧其首；兄以金簪拨其齿；自乃撮其颐，以舌度红丸入，又接吻而呵之。红丸随气入喉，格格作响，移时，豁然而苏。见眷口，恍如梦悟。于是一门团圆，惊定而喜。生以幽旷不可久居，议同旋里。满堂交赞，惟娇娜不乐。生请与吴郎俱，又虑翁媪不肯离幼子，终日议不果。忽吴家一小奴，汗流气促而至。惊致研诘，则吴郎家亦同日遭劫，一门俱没。娇娜顿足悲伤，涕不可止。共慰劝之。而同归之计遂决。

生入城，勾当数日，遂连夜趣装。既归，以闲园寓公子，恒返关之；生及松娘至，始发扃。生与

公子兄妹，棋酒谈宴，若一家然。小宦长成，貌韶秀，有狐意。出游都市，共知为狐儿也。

异史氏曰：余于孔生，不羡其得艳妻，而羡其得腻友也。观其容可以疗饥；听其声可以解颐。得此良友，时一谈宴，则「色授魂与③」，尤胜于「颠倒衣裳」矣。

注释

①曹丘：指汉初的曹丘生。《史记·季布列传》载，曹丘生赞赏季布，大力为之宣扬，使季布因而享有盛名。后以「曹丘」或「曹丘生」代指推荐人。

②时艺：指明清科举应试的八股文。时，当时。艺，文。

③色授魂与：指男女精神上的爱恋。色，容貌。魂，精神、心灵。

叶生

淮阳叶生者，失其名字。文章词赋，冠绝当时，而所遇不偶，困于名场。会关东丁乘鹤来令是邑，见其文，奇之，召与语，大悦。使即官署，受灯火，时赐钱谷恤其家。值科试，公游扬于学使，遂领冠军。公期望綦切，闱后，索文读之，击节称叹。不意时数限人，文章憎命，及放榜时，依然铩羽。生嗒丧而归，愧负知己，形销骨立，痴若木偶。公闻，召之来，面慰之；生零涕不已。公怜之，相期考满入都，携与俱北。生甚感佩。辞而归，杜门不出。无何，寝疾。公遗问不绝，而服药百裹，殊罔所效。

公适以忤上官免，将解任去。函致之，其略云：「仆东归有日，所以迟迟者，待足下耳。足下朝至，则仆夕发矣。」传之卧榻。生持书啜泣，寄语来使：「疾革难遽瘥，请先发。」使人返白。公不忍去，徐待之。

逾数日，门者忽通叶生至。公喜，迎而问之。生曰：『以犬马病，劳夫子久待，万虑不宁。今幸可从杖履①。』公乃束装戒旦。抵里，命子师事生，夙夜与俱。公子名再昌，时年十六，尚不能文。然绝慧，凡文艺三两过，辄无遗忘。居之期岁，便能落笔成文。益之公力，遂入邑庠。生以生平所拟举业，悉录授读，闱中七题，并无脱漏，中亚魁。公一日谓生曰：『君出余绪，遂使孺子成名。然黄钟长弃若何！』生曰：『是殆有命。借福泽为文章吐气，使天下人知半生沦落，非战之罪也，愿亦足矣。且士得一人知己，可无憾，何必抛却白纻，乃谓之利市哉！』公以其久客，恐误岁试，劝令归省。生惨然不乐。公不忍强，嘱公子至都，为之纳粟。公子又捷南宫，授部中主政，携生赴监，与共晨夕。逾岁，生入北闱，竟领乡荐。会公子差南河典务，因谓生曰：『此去离贵乡不远。先生奋迹云霄，锦还为快。』生亦喜。择吉就道，抵淮阳界，命仆马送生归。

见门户萧条，意甚悲恻。逡巡至庭中，妻携簸具以出，见生，掷具骇走。生凄然曰：『今我贵矣！三四年不觌，何遂顿不相识？』妻遥谓曰：『君死已久，何复言贵？所以久淹君柩者，以家贫子幼耳。今阿大亦已成立，将卜窀穸，勿作怪异吓生人。』生闻之，怃然惆怅。逡巡入室，见灵柩俨然，扑地而灭。妻惊视之，衣冠履舄如蜕委焉。大恸，抱衣悲哭。子自塾中归，见结驷于门，审所自来，骇奔告母。母挥涕告诉。又细询从者，始得颠末。从者返，公子闻之，涕堕垂膺。即命驾哭诸其室；出橐为营丧，葬以孝廉礼。又厚遗其子，为延师教读。言于学使，逾年游泮。

异史氏曰：魂从知己，竟忘死耶？闻者疑之，余深信焉。同心倩女，至离枕上之魂；千里良朋，犹识梦中之路。而况茧丝蝇迹，吐学士之心肝；流水高山，通我曹之性命者哉！嗟乎！遇合难期，遭逢不偶。行踪落落，对影长愁；傲骨嶙嶙，搔头自爱。叹面目之酸涩，来鬼物之揶揄。频居康了之中，则须发之条条可丑；一落孙山之外，则文章之处处皆疵。古今痛哭之人，卞和惟尔；颠倒逸群之物，伯乐伊谁？抱刺于怀，三年灭字，侧身以望，四海无家。人生世上，只须合眼放步，以听造物之低昂而已。天下之昂藏沦落如叶生者，亦复不少，顾安得令威复来，而生死从之也哉？噫！

注释

①从杖履：意谓随侍左右，是敬老事尊之意。《礼记·曲礼》：『侍坐于君子，君子欠伸，从杖履，视日早暮，侍坐者请出矣。』

成仙

文登周生与成生少共笔砚，遂订为杵臼交。而成贫，故终岁依周。论齿，则周为长，呼周妻以嫂。节序登堂，如一家焉。周妻生子，产后暴卒。继聘王氏，成以少故，未尝请见之。一日，王氏弟来省姊，宴于内寝。成适至，家人通白，周坐命邀成，成不入，辞去。周追之而还，移席外舍。甫坐，即有人白别业之仆，为邑宰重笞者。先是，黄吏部家牧佣，牛蹊周田，以是相诟。牧佣奔告主，捉仆送官，遂被笞责。周因诘得其故，大怒曰：『黄家牧猪奴，何敢尔！其先世为大父服役，促得志，乃无人耶！』气填吭臆，忿而起，欲往寻黄。成捺而止之，曰：『强梁世界，原无皂白。况今日官宰半强寇不操矛弧者耶？』周不听。成谏止再三，至泣下，周乃止。怒终不释，转侧达旦。

谓家人曰：『黄家欺我，我仇也，姑置之。邑令朝廷官，非势家官，纵有互争，亦须两造①，何至如狗之随嗾者？我亦呈治其佣，视彼将何处分。』家人悉怂恿之，计遂决。以状赴宰，宰裂而掷之，周怒，语侵宰。宰惭恚，因逮系之。

辰后，成往访周，始知入城讼理。急奔劝止，则已在囹圄矣。顿足无所为计。时获海寇三名，宰与黄赂嘱之，使捏周同党。据词申黜顶衣，榜掠酷惨。成入狱，相顾凄酸。谋叩阙。周曰：『身系重犴，如鸟在笼，虽有弱弟，止堪供囚饭耳。』成锐身自任，曰：『是予责也。难而不急，乌用友也！』乃行。周弟赆之，则去已久矣。至都，无门入控。相传驾将出猎，成预隐木市中。俄驾过，伏舞哀号，遂得准。驿送而下，着部院审奏。时阅十月余，周已诬服论辟。院接御批，大骇，复提躬谳。黄亦骇，谋杀周。因赂监，绝其饮食，弟来馈问，苦禁拒之。成又为赴院声屈，始蒙提问，业已饥饿不起。院台怒，杖毙监者。黄大怖，纳数千金，嘱为营脱，以是得朦胧题免。宰以枉法拟流。

周放归，益肝胆成。成自经讼系，世情灰冷，招周偕隐。周溺少妇，辄迂笑之。成虽不言，而意甚决。别后，数日不至。周使探诸其家，家人方疑其在周所；两无所见，始疑。周心知其异，遣人踪迹之，寺观岩壑，物色殆遍。时以金帛恤其子。

又八九年，成忽自至，黄巾氅服，岸然道貌。周喜把臂曰：『君何往，使我寻欲遍？』成笑曰：『孤云野鹤，栖无定所。别后幸复顽健。』周命置酒，略通间阔，欲为变易道装。成笑不语。周曰：『愚哉！何弃妻孥犹敝屣也？』成笑曰：『不然。人将弃予，其何人之能弃。』问所栖止，答在劳山上清宫。既而抵足寝，梦成裸伏胸上，气不得息。讶问何为，殊不答。忽惊而寤，呼成不应。坐而索之，杳然不知所往。定移时，始觉在成榻，骇曰：『昨不醉，何颠倒至此耶！』乃呼家人。家人火之，俨然成也。周固多髭，以手自捋，则疏无几茎。取镜自照，讶曰：『成生在此，我何往？』已而大悟，知成以幻术招隐。意欲归内，弟以其貌异，禁不听前。周亦无以自明，即命仆马往寻成。

数日，入劳山。马行疾，仆不能及。休止树下，见羽客往来甚众。内一道人目周，周因以成问。道士笑曰：『耳其名矣，似在上清。』言已，径去。周目送之，见一矢之外，又与一人语，亦不数言而去。与言者渐至，乃同社生。见周，愕曰：『数年不晤，人以君学道名山，今尚游戏人间耶？』周述其异。生惊曰：『我适遇之，而以为君也。去无几时，或亦不远。』周大异，曰：『怪哉！何自己面目觌面而不识？』仆寻至，急驰之，竟无踪兆。一望寥阔，进退难以自主。自念无家可归，遂决意穷追。而怪险不复可骑，遂以马付仆归，迤逦自往。遥见一童独立，趋近问程，且告以故。童自言为成弟子，代荷衣粮，导与俱行。三日始至，又非世之所谓上清。时十月中，山花满路，不类初冬。童入报，成即出，始认己形。执手而入，置酒宴语。见异彩之禽，驯人不惊，声如笙簧，时来鸣于座上，心甚异之。然尘俗念切，无意留连。地下有蒲团二，曳与并坐。至二更后，万虑俱寂，忽似瞥然一盹，身觉与成易位。疑之，自捋颔下，则于思者如故矣。既曙，浩然思返。成固留之。越三日，乃曰：『乞少寐息，早送君行。』甫交睫，闻成呼曰：『行装已具矣。』遂起从之。所行殊非旧途。觉无几时，里居已在望中。成坐候路侧，俾自归。周强之不得，因踽踽至家门。叩不能应，思欲越墙，觉身飘似叶，一跃已过。凡逾数重垣，始抵卧室，灯烛荧然，内人未寝，哝哝与人语。舐窗一窥，则妻与一厮仆同杯饮，状甚狎亵。于是怒火如焚，计将掩执，又恐孤力难胜。遂潜身脱扃而出，奔告成，且乞为助。成慨然从之，

直抵内寝。周举石挝门，内张皇甚。擂愈急，内闭益坚。成拨以剑，划然顿辟。周奔入，仆冲户而走。成在门外，以剑击之，断其肩臂。周执妻拷讯，乃知被收时即与仆私。周借剑决其首，罥肠庭树间。乃从成出，寻途而返。

蓦然忽醒，则身在卧榻，惊而言曰：『怪梦参差，使人骇惧！』成笑曰：『梦者兄以为真，真者乃以为梦。』周愕而问之。成出剑示之，溅血犹存。周惊怛欲绝，窃疑成张为幻。成知其意，乃促装送之归，荏苒至里门，乃曰：『畴昔之夜，倚剑而相待者，非此处耶！吾厌见恶浊，请还待君于此。如过晡不来，予自去。』周至家，门户萧索，似无居人。还入弟家。弟见兄，双泪交坠，曰：『兄去后，盗夜杀嫂，刳肠去，酷惨可悼。于今官捕未获。』周如梦醒，因以情告，戒勿究。弟错愕良久。周问其子，乃命老妪抱至。周曰：『此襁褓物，宗绪所关，弟善视之。兄欲辞人世矣。』遂起，径去。弟涕泗追挽，笑行不顾。至野外，见成，与俱行。遥回顾，曰：『忍事最乐。』弟欲有言，成阔袖一举，即不可见。怅立移时，痛哭而返。

周弟朴拙，不善治家人生产，居数年，家益贫。周子渐长，不能延师，因自教读。一日，早至斋，见案头有函书，缄封甚固，签题『仲氏启』。审之，为兄迹。开视，则虚无所有，只见爪甲一枚，长二指许，心怪之。以甲置砚上，出问家人所自来，并无知者。回视，则砚石灿灿，化为黄金。大惊。以试铜铁，皆然。由此大富。以千金赐成氏子，因相传两家有点金术云。

注释

①两造：指原告和被告。《周礼·秋官·大司寇》：『以两造禁民讼。』

王成

王成，平原故家子。性最懒，生涯日落，惟剩破屋数间，与妻卧牛衣中，交谪不堪。时盛夏燠热①，村外故有周氏园，墙宇尽倾，惟存一亭。村人多寄宿其中，王亦在焉。既晓，睡者尽去，红日三竿，王始起，逡巡欲归。见草际金钗一股，拾视之，镌有细字云：『仪宾府制。』王祖为衡府仪宾，家中故物，多此款式，因把钗踌躇。一妪来寻钗。王虽贫，然性介，遽出授之。妪喜，极赞盛德，曰：『钗值几何，先夫之遗泽也。』问：『夫君伊谁？』答云：『故仪宾王柬之也。』王惊曰：『吾祖也，何以相遇？』妪亦惊曰：『汝即王柬之之孙耶？我乃狐仙。百年前，与君祖缱绻，君祖殁，老身遂隐。过此遗钗，适入子手，非天数耶！』王亦曾闻祖有狐妻，信其言，便邀临顾。妪从之。

王呼妻出见，负败絮，菜色黯焉。妪叹曰：『嘻！王柬之之孙，乃一贫至此哉！』又顾败灶无烟，曰：『家计若此，何以聊生？』妻因细述贫状，呜咽饮泣。妪以钗授妇，使姑质钱市米，三日外请复相见。王挽留之。妪曰：『汝妻犹不能存活，我在，仰屋而居，复何裨益？』遂径去。王为妻言其故，妻大怖。王诵其义，使姑事之，妻诺。逾三日，果至，出数金，籴粟麦各一石。夜与妇宿短榻。妇初惧之，然察其意殊拳拳，遂不之疑。

翌日，谓王曰：『孙勿惰，宜操小生业，坐食乌可长也？』王告以无资。妪曰：『汝祖在时，金帛凭所取。我以世外人，无需是物，故未尝多取。积花粉之金四十两，至今犹存。久贮亦无所用，可将去悉以市葛，刻日赴都，可得微息。』王从之，购五十余端②以归。妪命趣装，计六七日可达燕都，嘱曰：『宜勤勿惰，宜急勿缓，迟之一日，悔之已晚！』王敬诺，囊货就路，中途遇雨如绳，过宿，

泞益甚。见往来行人，践淖没胫，心畏苦之。待至亭午，始渐燥，而阴云复合，雨又滂沱。信宿乃行。将近京，传闻葛价翔贵，心窃喜。入都，解装客店，主人深惜其晚。先是，南道初通，葛至绝少。贝勒府购致甚急，价顿昂，较常可三倍。前一日方购足，后来者，并皆失望。主人以故告王。王郁郁不得志。越日，葛至愈多，价益下。王以无利不肯售。迟十余日，计食耗烦多，倍益忧闷。主人劝令贱卖，改而他图。从之。亏资十余两，悉脱去。早起，将作归计，起视囊中，则金亡矣。惊告主人。主人无所为计。或劝鸣官，责主人偿。王叹曰：『此我数也，于主人何干？』主人闻而德之，赠金五两，慰之使归。

自念无以见祖母，蹀躞内外，进退维谷。适见斗鹑者，一赌数千；每市一鹑，恒百钱不止。意忽动，计囊中资，仅足贩鹑，乃归市贩鹑而返。主人喜，贺其速售。至夜，大雨彻曙。天明，衢水如河，淋零犹未休也。居以待晴。连绵数日，更无休止。起视笼中，鹑渐死。王大惧，不知计之所出。越日，死愈多，仅余数头，并一笼饲之。经宿往窥，则一鹑仅存。因告主人，不觉涕堕。主人亦为扼腕。王自度金尽罔归，但欲觅死，主人劝慰之。共往视鹑，审谛之曰：『此似英物。诸鹑之死，未必非此之斗杀之也。君暇亦无事，请把之，如其良也，赌亦可以谋生。』王如其教。

既驯，主人令持向街头，赌酒食。鹑健甚，辄赢。主人喜，以金授王，使复与子弟决赌，三战三胜。半年，蓄积二十金。心益慰，视鹑如命。

先是，大亲王好鹑，每值上元，辄放民间把鹑者入邸相角。主人谓王曰：『今大富宜可立致，所不可知者，在子之命矣。』因告以故，导与俱往。嘱曰：『脱败，则丧气出耳。倘有万分一，鹑斗胜，王必欲市之，君勿应；如固强之，惟予首是瞻，待首肯而后应之。』王曰：『诺。』

至邸，则鹑人肩摩于墀下。顷之，王出御殿。左右宣言：『有愿斗者上。』即有一人把鹑，趋而进。王命放鹑，客亦放。略一腾踔，客鹑已败。王大笑。俄顷，登而败者数人。主人曰：『可矣。』相将俱登。王相之，曰：『睛有怒脉，此健羽也，不可轻敌。』命取铁喙者当之。一再腾跃，而王鹑铩羽。更选其良，再易再败。王急命取宫中玉鹑。片时把出，素羽如鹭，神骏不凡。王成意馁，跪而求罢。王笑曰：『纵之，脱斗而死，当厚尔偿。』成乃纵之。玉鹑直奔之。而玉鹑方来，则伏如怒鸡以待之。玉鹑健啄，则起如翔鹤以击之。进退颉颃，相持约一伏时。玉鹑渐懈，而其怒益烈，其斗益急。未几，雪毛摧落，垂翅而逃。观者千人，罔不叹羡。王乃索取而亲把之，自喙至爪，审周一过，问成曰：『鹑可货否？』答曰：『小人无恒产，与相依为命，不愿售也。』王曰：『赐尔重值，中人之产可致。颇愿之乎？』成俯思良久，曰：『本不乐置；顾大王既爱好之，苟使小人得衣食业，又何求？』王请直，答以千金。王笑曰：『痴男子！此何珍宝，而千金直也？』成曰：『大王不以为宝，臣以为连城之璧不过也。』王曰：『如何？』曰：『小人把向市中，日得数金，易升斗粟，一家十余食指，无冻馁，是何宝如之？』王曰：『予不相亏，便与二百金。』成摇首。又增百数。成目视主人，主人色不动。乃曰：『承大王命，请减百价。』王曰：『休矣！谁肯以九百易一鹑者！』成囊鹑欲行。王呼曰：『鹑人来，鹑人来，实给六百，肯则售，否则已耳。』成又目主人，主人仍自若。成心愿盈溢，惟恐失时，曰：『以此数售，心实怏怏。但交而不成，则获戾滋大。无已，即如王命。』王喜，即秤付之。成囊金，拜赐而出。主人怼曰：『我言如何，子乃急自鬻也！再少靳之，

八百金在掌中矣。』成归，掷金案上，请主人自取之，主人不受。又固让之，乃盘计饭直而受之。王治装归，至家，历述所为，出金相庆。姬命置良田三百亩，起屋作器，居然世家。早起，使成督耕、妇督织。稍惰辄诃之。夫妇相安，不敢有怨词。过三年家益富，姬辞欲去。夫妇共挽之，至泣下。姬亦遂止。旭旦候之，已杳然矣。

异史氏曰：富皆得于勤，此独得于惰，亦创闻也。不知一贫彻骨，而至性不移，此天之所以始弃之而终怜之也。懒中岂果有富贵乎哉！

注释

①燠热：炎热。燠，暖，热。

②端：旧时丈量布帛的量词。

青凤

太原耿氏，故大家，第宅弘阔。后凌夷，楼舍连亘，半旷废之，因生怪异，堂门辄自开掩，家人恒中夜骇哗。耿患之，移居别墅，留一老翁门焉。由此荒落益甚，或闻笑语歌吹声。

耿有从子去病，狂放不羁，嘱翁有所闻见，奔告之。至夜，见楼上灯光明灭，走报生。生欲入觇其异。止之，不听。门户素所习识，竟拨蒿蓬，曲折而入。登楼，初无少异。穿楼而过，闻人语切切。潜窥之，见巨烛双烧，其明如昼。一叟儒冠南面坐，一媪相对，俱年四十余。东向一少年，可二十许。右一女郎，才及笄耳。酒胾满案，围坐笑语。生突入，笑呼曰：『有不速之客一人来！』群惊奔匿。独叟诧问：『谁

何入人闺闼？」生曰：「此我家也，君占之。旨酒自饮，不邀主人，毋乃太吝？」叟审谛之，曰：「非主人也。」生曰：「我狂生耿去病，主人之从子耳。」叟致敬曰：「久仰山斗！」乃揖生入，便呼家人易馔。生止之。叟乃酌客。生曰：「吾辈通家，座客无庸见避，还祈招饮。」叟呼：「孝儿！」俄少年自外入。叟曰：「此豚儿也。」揖而坐，略审门阀。叟自言：「义君姓胡。」生素豪，谈论风生，孝儿亦倜傥，倾吐间，雅相爱悦。生二十一，长孝儿二岁，因弟之。叟曰：「闻君祖纂《涂山外传》，知之乎？」答曰：「知之。」叟曰：「我，涂山氏之苗裔也。唐以后，谱系犹能忆之；五代而上无传焉。幸公子一垂教也。」生略述涂山女佐禹之功，粉饰多词，妙绪泉涌。叟大喜，谓子曰：「今幸得闻所未闻。公子亦非他人，可请阿母及青凤来共听之，亦令知我祖德也。」孝儿入帏中。少时，媪偕女郎出。审顾之，弱态生娇，秋波流慧，人间无其丽也。叟指媪曰：「此为老荆。」又指女郎：「此青凤，鄙人之犹女也。颇慧，所闻见，辄记不忘，故唤令听之。」生谈竟而饮，瞻顾女郎，停睇不转。女觉之，俯其首。生隐蹑莲钩，女急敛足，亦无愠怒。生神志飞扬，不能自主，拍案曰：「得妇如此，南面王不易也！」媪见生渐醉，益狂，与女俱去。生失望，乃辞叟出。而心萦萦，不能忘情于青凤也。

至夜，复往，则兰麝犹芳，凝待终宵，寂无声咳。归与妻谋，欲携家而居之，冀得一遇。妻不从，生乃自往，读于楼下。夜凭几，一鬼披发入，面黑如漆，张目视生。生笑，拈指研墨自涂，灼灼然相与对视。鬼惭而去。次夜更深，灭烛欲寝，闻楼后发扃，辟之闸然。急起窥觇，则扉半启。俄闻履声细碎，有烛光自房中出。视之，则青凤也。骤见生，骇而却退，遽阖双扉。生长跪而致词曰：「小生不避险恶，实以卿故。幸无他人，得一握手为笑，死不憾耳。」女遥语曰：「拳拳深情，妾岂不知。但吾叔闺训严谨，不敢奉命。』生固哀之，曰：『亦不敢望肌肤之亲，但一见颜色足矣。』女似肯可，启关出，捉其臂而曳之。生狂喜，相将入楼下，拥而加诸膝。女曰：『幸有夙分：过此一夕，即相思无益矣。』问：『何故？』曰：『阿叔畏君狂，故化厉鬼以相吓，而君不动也。今已卜居他所，一家皆移什物赴新居，而妾留守，明日即发矣。』言已，欲去，云：『恐叔归。』生强止之，欲与为欢。方持论间，叟掩入。女羞惧无以自容，挽手依床，拈带不语。叟怒曰：『贱辈辱我门户！不速去，鞭挞且从其后！』女低头急去，叟亦出。生尾而听之，诃诟万端，闻青凤嘤嘤啜泣。生心意如割，大声曰：『罪在小生，与青凤何与！倘宥青凤，刀锯铁钺，愿身受之！』良久寂然，乃归寝。自此第内绝不复声息矣。生叔闻而奇之，愿售以居，不较直。生喜，携家口而迁焉。居逾年，甚适，而未尝须臾忘青凤也。

会清明上墓归，见小狐二，为犬逼逐。其一投荒窜去；一则皇急道上，望见生，依依哀啼，葛耳辑首，似乞其援。生怜之，启裳衿，提抱以归。闭门，置床上，则青凤也。大喜，慰问。女曰：『适与婢子戏，遘此大厄。脱非郎君，必葬犬腹。望无以非类见憎。』生曰：『日切怀思，系于魂梦。见卿如得异宝，何憎之云！』女曰：『此天数也，不因颠覆，何得相从？然幸矣，婢子必言妾已死，可与君坚永约耳。』生喜，另舍居之。

积二年余，生方夜读，孝儿忽入。生辍读，讶诘所来。孝儿伏地，怆然曰：『家君有横难，非君莫救。将自诣恳，恐不见纳，故以某来。』问：『何事？』曰：『公子识莫三郎否？』曰：『此吾年家子[1]也。』孝儿曰：『明日将过，倘携有猎狐，望君留之也。』生曰：『楼下之羞，耿耿在念，他事不敢预闻。必欲仆效绵薄，非青凤来不可！』孝儿零涕曰：『凤妹已野死三年矣。』生拂衣曰：『既尔，则恨滋深耳！」执卷高吟，殊不顾瞻。孝儿起，哭失声，掩面而去。生如青凤所，告以故。女失色曰：「果救之否？」曰：「救则救之。适不之诺者，亦聊以报前横耳。」女乃喜曰：「妾少孤，依叔成立。昔虽获罪，乃家范应尔。」生曰：「诚然，但使人不能无介介耳。卿果死，定不相援。」女笑曰：「忍哉！」

次日，莫三郎果至，镂膺虎帐，仆从甚赫。生门逆之。见获禽甚多，中一黑狐，血殷毛革。抚之，皮肉犹温。便托裘敝，乞得缀补。莫慨然解赠。生即付青凤，乃与客饮。客既去，女抱狐于怀，三日而苏，展转复化为叟。举目见凤，疑非人间。女历言其情。叟乃下拜，惭谢前愆②，喜顾女曰：「我固谓汝不死，今果然矣。」女谓生曰：「君如念妾，还祈以楼宅相假，使妾得以申返哺之私。」生诺之。叟赧然谢别而去。入夜，果举家来。由此如家人父子，无复猜忌矣。生斋居，孝儿时共谈宴。生嫡出子渐长，遂使傅之，盖循循善教，有师范焉。

注释

①年家子：科举同年的晚辈子侄。

②愆：过失。

画皮

太原王生，早行，遇一女郎，抱幞独奔，甚艰于步，急走趁之，乃二八姝丽。心相爱乐，问：「何夙夜踽踽独行？」女曰：「行道之人，不能解愁忧，何劳相问。」生曰：「卿何愁忧？或可

效力，不辞也。』女黯然曰：『父母贪赂，鬻妾朱门。嫡妒甚，朝詈①而夕楚辱之，所弗堪也，将远遁耳。』问：『何之？』曰：『在亡之人，乌有定所。』生言：『敝庐不远，即烦枉顾。』女喜，从之。生代携袱物，导与同归。女顾室无人，问：『君何无家口？』答云：『斋耳。』女曰：『此所良佳。如怜妾而活之，须秘密勿泄。』生诺之。乃与寝合。使匿密室，过数日而人不知也。生微告妻。妻陈，疑为大家媵妾，劝遣之。生不听。偶适市，遇一道士，顾生而愕。问：『何所遇？』答言：『无之。』道士曰：『君身邪气萦绕，何言无？』生又力白。道士乃去，曰：『惑哉！世固有死将临而不悟者。』生以其言异，颇疑女。转思明明丽人，何至为妖，意道士借魇禳以猎食者。无何，至斋门，门内杜，不得入，心疑所作，乃逾坦，则室门已闭。蹑迹而窗窥之，见一狞鬼，面翠色，齿巉巉如锯。铺人皮于榻上，执彩笔而绘之。已而掷笔，举皮，如振衣状，披于身，遂化为女子。睹此状，大惧，兽伏而出。急追道士，不知所往。遍迹之，遇于野，长跪乞救。道士曰：『请遣除之。此物亦良苦，甫能觅代者，予亦不忍伤其生。』乃以蝇拂授生，令挂寝门。临别，约会于青帝庙。生归，不敢入斋，乃寝内室，悬拂焉。一更许，闻门外戢戢有声，自不敢窥，使妻窥之。但见女子来，望拂子不敢进，立而切齿，良久乃去。少时复来，骂曰：『道士吓我，终不然，宁入口而吐之耶！』取拂碎之，坏寝门而入。径登生床，裂生腹，掬生心而去。妻号。婢入烛之，生已死，腔血狼藉。陈骇涕不敢声。

明日，使弟二郎奔告道士。道士怒曰：『我固怜之，鬼子乃敢尔！』即从生弟来。女子已失所在。既而仰首四望，曰：『幸遁未远。』问：『南院谁家？』二郎曰：『小生所舍也。』道士曰：『现在君所。』二郎愕然，以为未有。道士问曰：『曾否有不识者一人来？』答曰：『仆早赴青帝庙，良不知。当归

问之。」去，少顷而返，曰：「果有之，晨间一妪来，欲佣为仆家操作，室人止之，尚在也。」道士曰：「即是物矣。」遂与俱往。仗木剑，立庭心，呼曰：「孽鬼！偿我拂子来！」妪在室，惶遽无色，出门欲遁。道士逐击之。妪仆，人皮划然而脱，化为厉鬼，卧嗥如猪。道士以木剑枭其首。身变作浓烟，匝地作堆。道士出一葫芦，拔其塞，置烟中，飗飗然如口吸气，瞬息烟尽。道士塞口入囊。共视人皮，眉目手足，无不备具。道士卷之，如卷画轴声，亦囊之，乃别欲去。

陈氏拜迎于门，哭求回生之法。道士谢不能。陈益悲，伏地不起。道士沉思曰：「我术浅，诚不能起死。我指一人，或能之。」问：「何人？」曰：「市上有疯者，时卧粪土中。试叩而哀之。倘狂辱夫人，夫人勿怒也。」二郎亦习知之。乃别道士，与嫂俱往。见乞人颠歌道上，鼻涕三尺，秽不可近。陈膝行而前。乞人笑曰：「佳人爱我乎？」陈告以故。又大笑曰：「人尽夫也，活之何为！」陈固哀之。乃曰：「异哉！人死而乞活于我，我阎罗耶？」怒以杖击陈，陈忍痛受之。市人渐集如堵。乞人咯痰唾盈把，举向陈吻曰：「食之！」陈红涨于面，有难色；既思道士之嘱，遂强啖焉。觉入喉中，硬如团絮，格格而下，停结胸间。乞人大笑曰：「佳人爱我哉！」遂起，行已不顾。尾之，入于庙中。迫而求之，不知所在，前后冥搜，殊无端兆，惭恨而归。既悼夫亡之惨，又悔食唾之羞，俯仰哀啼，但愿即死。方欲展血敛尸，家人伫望，无敢近者。陈抱尸收肠，且理且哭。哭极声嘶，顿欲呕，觉鬲中结物，突奔而出，不及回首，已落腔中。惊而视之，乃人心也。在腔中突突犹跃，热气腾蒸如烟然。大异之。急以两手合腔，极力抱挤。少懈，则气氤氲自缝中出，乃裂缯帛急束之。以手抚尸，渐温。覆以衾裯。中夜启视，有鼻息矣。天明，竟活。为言：「恍惚若梦，但觉隐痛耳。」视破处，痂结如钱，

寻愈。

异史氏曰：愚哉世人！明明妖也，而以为美。迷哉愚人！明明忠也，而以为妄。然爱人之色而渔之，妻亦将食人之唾而甘之矣。天道好还，但愚而迷者不悟耳。可哀也夫！

注释

①詈：骂，责备。

董生

董生，字遐思，青州之西鄙人。冬月薄暮，展被于榻而炽炭焉。方将篝灯，适友人招饮，遂扃户去。至友人所，坐有医人，善太素脉[①]，遍诊诸客。末顾王生九思及董曰：『余阅人多矣，脉之奇无如两君者。贵脉而有贱兆脉而有促征。此非鄙人所敢知也。然而董君实甚。』共惊问之。曰：『某至此亦穷于术，未敢臆决。愿两君自慎之。』二人初闻甚骇，既以模棱语，置不为意。

半夜，董归，见斋门虚掩，大疑。醺中自忆，必去时忙促，故忘扃键。入室，未遑爇火，先以手入衾中，探其温否。才一探入，则腻有卧人。大惊，敛手。急火之，竟为姝丽，韶颜稚齿，神仙不殊。狂喜。戏探下体，则毛尾修然。大惧，欲遁。女已醒，出手捉生臂，问：『君何往？』董益惧，战栗哀求，愿乞怜恕。女笑曰：『何所见而畏我？』董曰：『我不畏首而畏尾。』女又笑曰：『君误矣。尾于何有？』引董手，强使复探，则髀肉如脂，尻骨童童[②]。笑曰：『何如？醉态朦胧，不知伊何，遂诬妄若此。』董固喜其丽，至此益惑，反自咎适然之错，然疑其所来无因。女曰：『君不忆东邻之黄发女乎？屈指移居者，已十年矣。尔时我未笄，君垂髫也。』董恍然曰：『卿周氏之阿琐耶？』女曰：『是矣。』董曰：『卿言之，我仿佛忆之。十年不见，遂苗条如此。然何遽能来？』女曰：『妾适痴郎四五年，翁姑相继逝，又不幸为文君。剩妾一身，茕无所依。忆孩时相识者惟君，故来相见就。入门已暮，邀饮者适至，遂潜隐以待君归。待之既久，足冰肌粟，故借被以自温耳，幸勿见疑。』董喜，解衣共寝，意殊自得。

月余，渐羸瘦，家人怪问，辄言不自知。久之，面目益支离，乃惧，复造善脉者诊之。医曰：『此妖脉也。前日之死征验矣，疾不可为也。』董大哭，不去，医不得已，为之针手灸脐，而赠以药。嘱曰：『如有所遇，力绝之。』董亦自危。既归，女笑要之。怫然曰：『勿复相纠缠，我行且死！』走不顾。女大惭，亦怒曰：『汝尚欲生耶！』至夜，董服药独寝，甫交睫，梦与女交，醒已遗矣。益恐，移寝于内，妻子火守之。梦如故，窥女子已失所在。积数日，董吐血斗余而死。

王九思在斋中，见一女子来，悦其美而私之。诘所自，曰：『妾遐思之邻也。渠旧与妾善，不意为狐惑而死。此辈妖气可畏，读书人宜慎相防。』王益佩之，遂相欢待。居数日，迷罔病瘠，忽梦董曰：『与君好者狐也。杀我矣，又欲杀我友。我已诉之冥府，泄此幽愤。七日之夜，当炷香室外，勿忘却。』醒而异之。谓女曰：『我病甚，恐委沟壑，或劝勿室也。』女曰：『命当寿，室亦生，不寿，勿室亦死也。』坐与调笑，王心不能自持，又乱之。已而悔之，而不能绝。及暮插香户上。女来，拔弃之。夜又梦董来，让其违嘱。次夜，暗嘱家人，俟寝后潜炷香室外。女在榻上，忽惊曰：『又置香也。』王言不知。女急起得香，又折灭之。入曰：『谁教君为此者？』王曰：『或室人忧病，听巫家厌禳耳。』女彷徨不乐。家人潜窥香灭，又炷之。女忽叹曰：『君福泽良厚。我误害遐思而奔子，诚我之过。我将与彼就质于冥曹。君如不忘夙好，勿坏我皮囊也。』逡巡下榻，仆地而死。烛之，狐也。犹恐其活，遽呼家人，剥其革而悬焉。王病甚，见狐来曰：『我诉诸法曹。法曹谓董君见色而动，死当其罪；但咎我不当惑人，追金丹去，复令还生。皮囊何在？』曰：『家人不知，已脱之矣。』狐惨然曰：『余杀人多矣。今死已晚，然忍哉君乎！』恨恨而去。王病几危，半年乃瘥。

注释

①太素脉：北宋之后流传的一种通过人体脉搏的变化来预言人的贵贱、吉凶、祸福的方术。

②尻骨童童：意谓没有尾巴。尻，脊椎骨末端。童童，光秃。

陆判

陵阳朱尔旦，字小明。性豪放。然素钝，学虽笃，尚未知名。一日，文社众饮，或戏之云：『君有豪名，能深夜负十王殿[1]左廊下判官来，众当醵[2]作筵。』盖陵阳有十王殿，神鬼皆木雕，妆饰如生。东庑[3]有立判，绿面赤须，貌尤狞恶。或夜闻两廊下拷讯声。入者，毛皆森竖。故众以此难朱。朱笑起，径去。居无何，门外大呼曰：『我请髯宗师至矣！』众起。俄负判入，置几上，奉觞酹之三。众睹之，瑟缩不安于坐，仍请负去。朱又把酒灌地，祝曰：『门生[4]狂率不文，大宗师谅不为怪。荒舍匪遥，合乘兴来觅饮，幸勿为畛畦。』乃负之去。

次日，众果招饮。抵暮，半醉而归，兴未阑，挑灯独酌。忽有人搴帘入，视之，则判官也。起曰：『噫，吾殆将死矣！前夕冒渎，今来加斧[5]锧耶？』判启浓髯微笑曰：『非也。昨蒙高义相订，夜偶暇，敬践达人之约。』朱大悦，牵衣促坐，自起涤器爇火。判曰：『天道温和，可以冷饮。』朱如命，置瓶案上，奔告家人治肴果。妻闻大骇，戒勿出。朱不听，立俟治具以出。易盏交酬，始询姓氏。曰：『我陆姓，无名字。』与谈典故，应答如响。问：『知制艺否？』曰：『妍媸亦颇辨之。阴司诵读，与阳世亦略同。』陆豪饮，一举十觥。朱因竟日饮，遂不觉玉山倾颓[6]，伏几醺睡。比醒，则残烛昏黄，鬼客已去。

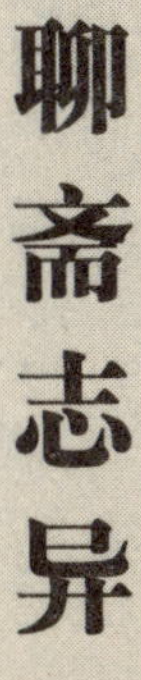

自是三两日辄一来，情益洽，时抵足卧。朱献窗稿⑦，陆辄红勒之，都言不佳。一夜，朱醉先寝，陆犹自酌。忽醉梦中，脏腑微痛。醒而视之，则陆危坐床前，破腔出肠胃，条条整理。愕曰：『夙无仇怨，何以见杀？』陆笑云：『勿惧！我与君易慧心耳。』从容纳肠已，复合之，末以裹足布束朱腰。作用毕，视榻上亦无血迹。腹间觉少麻木。见陆置肉块几上，问之。曰：『此君心也。作文不快，知君之毛窍塞耳。适在冥间，于千万心中，拣得佳者一枚，为君易之，留此以补缺数。』乃起，掩扉去。天明解视，则创缝已合，有线而赤者存焉。自是文思大进，过眼不忘。数日，又出稿示陆，陆曰：『可矣。但君福薄，不能大显贵，乡、科而已。』问：『何时？』曰：『今岁必魁。』未几，科试冠军，秋闱⑧果中魁元。同社中诸生素揶揄之，及见闱墨⑨，相视而惊，细询始知其异。共求朱先容，愿纳交陆。陆诺之。众大设以待之。更初，陆至，赤髯生动，目炯炯如电。众茫乎无色，齿欲相击，渐引去。

朱乃携陆归饮，既醺，朱曰：『湔肠伐胃，受赐已多。尚有一事相烦，不知可否？』陆便请命。朱曰：『山荆，予结发人，下体颇亦不恶，但面目不甚佳。欲烦君刀斧，如何？』陆笑曰：『诺，容徐以图之。』过数日，半夜来叩门。朱急起延入，烛之，见襟裹一物。诘之，曰：『君曩所嘱，向艰物色。适得美人首，敬报君命。』朱拨视，颈血犹湿。陆力促急入，勿惊禽犬。朱虑门户夜扃。陆至，以手推扉，扉自开。引至卧室，见夫人侧身眠。陆以头授朱抱之，自于靴中出白刃如匕首，按夫人项，着力如切腐状，迎刃而解，首落枕畔。急于生怀，取美人首合项上，详审端正，而后按捺。已而移枕塞肩际，命朱瘗首静所，乃去。朱妻醒，觉颈间微麻，面颊甲错，搓之，得血片。甚骇，呼婢汲盥。婢见面血狼藉，惊绝，濯之盆水尽赤。举首则面目全非，又骇极。夫人引镜自照，错愕不能自解，朱入告之。

因反覆细视，则长眉掩鬓，笑靥承颧，画中人也。解领验之，有红线一周，上下肉色，判然而异。

先是，吴侍御有女甚美，未嫁而丧二夫，故十九犹未醮也。上元游十王殿，游人甚杂，内有无赖贼窥而艳之，遂阴访居里，乘夜梯入，穴寝门，杀一婢于床下，逼女与淫，女力拒声喊，贼怒而杀之。吴夫人微闻闹声，叫婢往视，见尸骇绝。举家尽起，停尸堂上，置首项侧，一门啼号，纷腾终夜。诘旦启衾，则身在而失其首。遍挞诸婢，谓所守不恪，致葬犬腹。侍御告郡，郡严限捕贼，三月而罪人弗得。渐有以朱家换头之异闻吴公者。吴疑之，遣媪探诸其家。入见夫人，骇走以告吴公。公视女尸故存，惊疑无以自决。猜朱以左道杀女，往诘朱。朱曰：『室人梦易其首，实不解其何故？谓仆杀之则冤也。』吴不信，讼之。收家人鞫之，一如朱言。郡守不能决。朱归，求计于陆。陆曰：『不难，当使伊女自言之。』吴夜梦女曰：『儿为苏溪杨大年所杀，无与朱孝廉。彼不艳其妻，陆判官取儿首与之易之，是儿身死而头生也。愿勿相仇。』醒告夫人，所梦同。乃言于官。问之，果有杨大年。执而械之，遂伏其罪。吴乃诣朱，请见夫人，由此为翁婿。乃以朱妻首合女尸而葬焉。

朱三入礼闱⑩，皆以场规被放，于是灰心仕进。积三十年，一夕，陆告曰：『君寿不永矣。』问其期，对以五日。『能相救否？』曰：『惟天所命，人何能私？且自达人观之，生死一耳，何必生之为乐，死之为悲？』朱以为然。即制衣衾棺椁，既竟，盛服而没。翌日，夫人方扶柩哭，朱忽冉冉自外至。夫人惧。朱曰：『我诚鬼，不异生时。虑尔寡母孤儿，殊恋恋耳。』夫人大恸，涕垂膺，朱依依慰解之。夫人曰：『古有还魂之说，君既有灵，何不再生？』朱曰：『天数不可违也。』问：『在阴司作何务？』曰：『陆判荐我督案务，受有官爵，亦无所苦。』夫人欲再语，朱曰：『陆判与我同来，

可设酒馔。』趋而出。夫人依言营备。但闻室中笑语，亮气高声，宛若生前。半夜窥之，窅然已逝。

自是三数日辄一来，时而留宿缱绻，家中事就便经纪。子玮方五岁，来辄提抱，至七八岁，则灯下教读。子亦慧，九岁能文，十五入邑庠，竟不知无父也。从此来渐疏，日月至焉而已。又一夕来，谓夫人曰：『今与卿永诀矣。』问：『何往？』曰：『承帝命为太华卿[11]，行将远赴，事烦途隔，故不能来。』母子持之哭，曰：『勿尔！儿已成立，家计尚可存活，岂有百岁不拆之鸾凤耶！』顾子曰：『好为人，勿堕父业。十年后一相见耳。』径出门去，于是遂绝。

后玮二十五举进士，官行人[12]。奉命祭西岳，道经华阴，忽有舆从羽葆，驰冲卤薄。讶之。审视车中人，其父也，下车哭伏道左。父停舆曰：『官声好，我瞑目矣。』玮伏不起。朱促舆行，火驰不顾。去数步，回望，解佩刀遣人持赠。遥语曰：『佩之则贵。』玮欲追从，见舆马人从，飘忽若风，瞬息不见。痛恨良久。抽刀视之，制极精工，镌字一行，曰：『胆欲大而心欲小，智欲圆而行欲方。』玮后官至司马。生五子，曰沉，曰潜，曰，曰浑，曰深。一夕，梦父曰：『佩刀宜赠浑也。』从之。浑仕为总宪[13]，有政声。

异史氏曰：断鹤续凫，矫作者妄。移花接木，创始者奇。而况加凿削于心肝，施刀锥于颈项者哉？陆公者，可谓媸皮裹妍骨[14]矣。明季至今，为岁不远，陵阳陆公犹存乎？尚有灵焉否也？为之执鞭[15]，所忻慕焉。

注释

①十王殿：指庙宇。十王，佛教中十个主管地狱的阎王之总称，亦称『十殿阎君』。

②醵：凑钱喝酒。

③东庑：指东廊。庑，堂下周围的走廊、廊屋。此处指廊屋。

④门生：古代科举制度中，考生得中进士后，对主考官员自称门生。后来主要指学术上的师承关系。

⑤加斧：指加以死罪。斧，古代杀人的刑具。

⑥玉山倾颓：形容喝醉酒的样子。《世说新语·容止》：『嵇叔夜之为人也，岩岩若孤松之独立；其醉也，傀俄若玉山之将崩。』玉山，形容体态优美。

⑦窗稿：指文人平时习作的文稿。古代读书人通常在窗下写文章，故称。

⑧秋闱：指乡试。闱，指旧时的考试院。因乡试在秋天举行，故称。

⑨闱墨：明清以来在每届乡试、会试之后，由主考官员选取文字符合程式的试卷编刻成书。明代称之为『小录』，清代称之为『闱墨』。

⑩礼闱：指由礼部主持的会试，在乡试后第二年的春季。

⑪太华卿：指华山山神。太华，西岳华山。

⑫行人：古代官职名。明代设有行人司，置司正及左右司副，下有行人若干，以进士充任，升迁很快。

⑬总宪：明清时都察院左都御史的别称。

⑭媸皮裹妍骨：指相貌虽然丑陋但内心善良。媸，丑陋。妍，美。妍骨，意谓美好的品行。

⑮为之执鞭：指对人非常钦佩，甘愿为其赶车做仆役。《史记·管晏列传》：『假令晏子而在，余虽为之执鞭，所忻慕焉。』

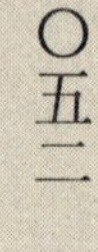

婴宁

王子服，莒①之罗店人。早孤。绝慧，十四入泮。母最爱之，寻常不令游郊野。聘萧氏，未嫁而夭，故求凰②未就也。

会上元，有舅氏子吴生，邀同眺瞩，方至村外，舅家仆来，招吴去。生见游女如云，乘兴独游。有女郎携婢，拈梅花一枝，容华绝代，笑容可掬。生注目不移，竟忘顾忌。女过去数武，顾婢子笑曰：『个儿郎目灼灼似贼！』遗花地上，笑语自去。生拾花怅然，神魂丧失，怏怏遂返。至家，藏花枕底，垂头而睡，不语亦不食。母忧之。醮禳③益剧，肌革锐减。医师诊视，投剂发表，忽忽若迷。母抚问所由，默然不答。适吴生来，嘱秘诘之。吴至榻前，生见之泪下，吴就榻慰解，渐致研诘，生具吐其实，且求谋画。吴笑曰：『君意亦痴！此愿有何难遂？当代访之。徒步于野，必非世家。如其未字，事固谐矣，不然，拚以重赂，计必允遂。但得痊瘳，成事在我。』生闻之，不觉解颐。吴出告母，物色女子居里，而探访既穷，并无踪迹。母大忧，无所为计。然自吴去后，颜顿开，食亦略进。数日，吴复来。生问所谋。吴绐之曰：『已得之矣。我以为谁何人，乃我姑之女，即君姨妹，今尚待聘。虽内戚有婚姻之嫌，实告之，无不谐者。』生喜溢眉宇，问：『居何里？』吴诡曰：『西南山中，去此可三十余里。』生又嘱再四，吴锐身自任而去。

生由是饮食渐加，日就平复。探视枕底，花虽枯，未便雕落。凝思把玩，如见其人。怪吴不至，折柬招之，吴支托不肯赴招。生恚怒，悒悒不欢。母虑其复病，急为议姻，略与商榷，辄摇首不愿，惟日盼吴。吴迄无耗，益怨恨之。转思三十里非遥，何必仰息他人？怀梅袖中，负气自往，而家人不

知也。伶仃独步，无可问程，但望南山行去。约三十余里，乱山合沓，空翠爽肌，寂无人行，止有鸟道[④]。遥望谷底，丛花乱树中，隐隐有小里落。下山入村，见舍宇无多，皆茅屋，而意甚修雅。北向一家，门前皆丝柳，墙内桃杏尤繁，间以修竹，野鸟格磔其中。意其园亭，不敢遽入。回顾对户，有巨石滑洁，因坐少憩。

俄闻墙内有女子，长呼：『小荣。』其声娇细。方伫听间，一女郎由东而西，执杏花一朵，俯首自簪；举头见生，遂不复簪，含笑拈花而入。审视之，即上元途中所遇也。心骤喜。但念无以阶进。欲呼姨氏，顾从无还往，惧有讹误。门内无人可问，坐卧徘徊，自朝至于日昃，盈盈望断，并忘饥渴。时见女子露半面来窥，似讶其不去者。忽一老媪扶杖出，顾生曰：『何处郎君，闻自辰刻来，以至于今。意将何为？得勿饥也？』生急起揖之，答云：『将以盼亲。』媪聋聩不闻。又大言之。乃问：『贵戚何姓？』生不能答。媪笑曰：『奇哉！姓名自不知，何亲可探？我视郎君，亦书痴耳。不如从我来，啖以粗粝[⑤]，家有短榻可卧。待明朝归，询知姓氏，再来探访。』生方腹馁思啖，又从此渐近丽人，大喜。从媪入，见门内白石砌路，夹道红花，片片坠阶上，曲折而西，又启一关，豆棚花架满庭中。肃客[⑥]入舍，粉壁光如明镜，窗外海棠枝朵，探入室中，裀藉几榻，罔不洁泽。甫坐，即有人自窗外隐约相窥。媪唤：『小荣！可速作黍。』外有婢子噭声而应。坐次，具展宗阀。媪曰：『郎君外祖，莫姓吴否？』曰：『然。』媪惊曰：『是吾甥也！尊堂，我妹子。年来以家窭贫[⑦]，又无三尺之男，遂至音问梗塞。甥长成如许，尚不相识。』生曰：『此来即为姨也，匆遽遂忘姓氏。』媪曰：『老身秦姓，并无诞育，弱息亦为庶产。渠母改醮，遗我鞠养。颇亦不钝，但少教训，嬉不知愁。少顷，使来拜识。』

未几，婢子具饭，雏尾盈握。媪劝餐已，婢来敛具。媪曰：『唤宁姑来。』婢应去。良久，闻户外隐有笑声。媪又唤曰：『婴宁，汝姨兄在此。』户外嗤嗤笑不已。婢推之以入，犹掩其口，笑不可遏。媪嗔目曰：『有客在，咤咤叱叱，景象何堪？』女忍笑而立，生揖之。媪曰：『此王郎，汝姨子。一家尚不相识，可笑人也。』生问：『妹子年几何矣？』媪未能解。生又言之。女复笑，不可仰视。媪谓生曰：『我言少教诲，此可见矣。年已十六，呆痴如婴儿。』生曰：『小甥一岁。』曰：『阿甥已十七矣，得非庚午属马者耶？』生首应之。又问：『甥妇阿谁？』答曰：『无之。』曰：『如甥才貌，何十七岁犹未聘？婴宁亦无姑家，极相匹敌。惜有内亲之嫌。』生无语，目注婴宁，不遑他瞬。婢向女小语云：『目灼灼，贼腔未改！』女又大笑，顾婢曰：『视碧桃开未？』遽起，以袖掩口，细碎连步而出。至门外，笑声始纵。媪亦起，唤婢襆被，为生安置。曰：『阿甥来不易，宜留三五日，迟迟送汝归。如嫌幽闷，舍后有小园，可供消遣；有书可读。』

次日至舍后，果有园半亩，细草铺毡，杨花糁径。有草舍三楹⑧，花木四合其所。穿花小步，闻树头苏苏有声，仰视，则婴宁在上。见生来，狂笑欲堕。生曰：『勿尔，堕矣！』女且下且笑，不能自止。方将及地，失手而堕，笑乃止。生扶之，阴其腕。女笑又作，倚树不能行，良久乃罢。生俟其笑歇，乃出袖中花示之。女接之，曰：『枯矣。何留之？』曰：『此上元妹子所遗，故存之。』问：『存之何益？』曰：『以示相爱不忘。自上元相遇，凝思成病，自分化为异物；不图得见颜色，幸垂怜悯。』女曰：『此大细事，至戚何所靳惜？待郎行时，园中花，当唤老奴来，折一巨捆负送之。』生曰：『妹子痴耶？』女曰：『何便是痴？』生曰：『我非爱花，爱拈花之人耳。』女曰：『葭莩之情，爱何待言。』生曰：『我所为爱，非瓜葛之爱，乃夫妻之爱。』女曰：『有以异乎？』曰：『夜共枕席耳。』女俯首思良久，曰：『我不惯与生人睡。』语未已，婢潜至，生惶恐遁去。少时，会母所。母问：『何往？』女答以园中共话。媪曰：『饭熟已久，有何长言，周遮乃尔。』女曰：『大哥欲我共寝。』言未已，生大窘，急目瞪之。女微笑而止。幸媪不闻，犹絮絮究诘。生急以他词掩之，因小语责女。女曰：『适此语不应说耶？』生曰：『此背人语。』女曰：『背他人，岂得背老母？且寝处亦常事，何讳之？』生恨其痴，无术可悟之。

食方竟，家人捉双卫来寻生。先是，母待生久不归，始疑。村中搜觅已遍，竟无踪兆，因往寻吴。吴忆曩言，因教于西南山村寻觅。凡历数村，始至于此。生出门，适相值，便入告媪，且请偕女同归。媪喜曰：『我有志，匪伊朝夕。但残躯不能远涉，得甥携妹子去，识认阿姨，大好！』呼婴宁，宁笑至。媪曰：『大哥欲同汝去，可装束。』又饷家人酒食，始送之出曰：『姨家田产丰裕，能养冗人。到彼且勿归，小学诗礼，亦好事翁姑。即烦阿姨，择一良匹与汝。』二人遂发。至山坳，回顾，犹依稀见媪倚门北望也。

抵家，母睹姝丽，惊问为谁。生以姨妹对。母曰：『前吴郎与儿言者，诈也。我未有姊，何以得甥？』问女，女曰：『我非母出。父为秦氏，没时，儿在褓中，不能记忆。』母曰：『我一姊适秦氏，良确。然殂谢[9]已久，那得复存？』因审诘面庞、志赘，一一符合。又疑曰：『是矣。然亡已多年。』疑虑间，吴生至，女避入室。吴询得故，惘然久之。忽曰：『此女名婴宁耶？』生然之。吴极称怪事。问所自知，吴曰：『秦家姑去世后，姑丈鳏居，祟于狐，病瘠死。狐生女名婴宁，绷卧床上，家人皆见之。姑丈没，狐犹时来。后求天师符粘壁上，狐遂携女去。将勿此耶？』彼此疑参。但闻室中嗤嗤，

皆婴宁笑声。母曰：『此女亦太憨生。』吴生请面之。母入室，女犹浓笑不顾。母促令出，始极力忍笑，又面壁移时，方出。才一展拜，翻然遽入，放声大笑。满室妇女，为之粲然。

吴请往觇其异，就便执柯。寻至村所，庐舍全无，山花零落而已。吴忆葬处，仿佛不远，然坟垅湮没，莫可辨识，诧叹而返。母疑其为鬼，入告吴言，女略无骇意。又吊其无家，亦殊无悲意，孜孜憨笑而已。众莫之测，母令与少女同寝止，昧爽即来省问，操女红精巧绝伦。但善笑，禁之亦不可止。然笑处嫣然，狂而不损其媚，人皆乐之。邻女少妇，争承迎之。母择吉为之合卺，而终恐为鬼物，窃于日中窥之，形影殊无少异。

至日，使华装行新妇礼，女笑极不能俯仰，遂罢。生以憨痴，恐泄漏房中隐事，而女殊密秘，不肯道一语。每值母忧怒，女至，一笑即解。奴婢小过，恐遭鞭楚，辄求诣母共话，罪婢投见，恒得免。而爱花成癖，物色遍戚党；窃典金钗，购佳种，数月，阶砌藩溷，无非花者。庭后有木香一架，故邻西家。女每攀登其上，摘供簪玩。母时遇见，辄诃之，女卒不改。一日，西人子见之，凝注倾倒。女不避而笑。西人子谓女意属己，心益荡。女指墙底笑而下，西人子谓示约处，大悦。及昏而往，女果在焉。就而淫之，则阴如锥刺，痛彻于心，大号而踣。细视非女，则一枯木卧墙边，所接乃水淋窍也。邻父闻声，急奔研问，呻而不言。妻来，始以实告。爇火烛窥，见中有巨蝎，如小蟹然，翁碎木捉杀之。负子至家，半夜寻卒。邻人讼生，讦发婴宁妖异。邑宰素仰生才，稔知其笃行士，谓邻翁讼诬，将杖责之，生为乞免，遂释而出。母谓女曰：『憨狂尔尔，早知过喜而伏忧也。邑令神明，幸不牵累。设鹘突官宰，必逮妇女质公堂，我儿何颜见戚里？』女正色，矢不复笑。母曰：『人罔不笑，但须有时。』

而女由是竟不复笑，虽故逗之，亦终不笑，然竟日未尝有戚容。

一夕，对生零涕。异之。女哽咽曰：『曩以相从日浅，言之恐致骇怪。今日察姑及郎，皆过爱无有异心，直告或无妨乎？妾本狐产。母临去，以妾托鬼母，相依十余年，始有今日。妾又无兄弟，所恃者惟君。老母岑寂山阿，无人怜而合厝之，九泉辄为悼恨。君倘不惜烦费，使地下人消此怨恫，庶养女者不忍溺弃。』生诺之，然虑坟冢迷于荒草。女言无虑。刻日，夫妇舆榇而往。女于荒烟错楚中，指示墓处，果得媪尸，肤革犹存。女抚哭哀痛。舁归，寻秦氏墓合葬焉。是夜，生梦媪来称谢，寤而述之。女曰：『妾夜见之，嘱勿惊郎君耳。』生恨不邀留。女曰：『彼鬼也。生人多，阳气胜，何能久居？』生问小荣，曰：『是亦狐，最黠。狐母留以视妾，每摄饵相哺，故德之常不去心。昨问母，云已嫁之。』由是岁值寒食，夫妇登秦墓，拜扫无缺。女逾年，生一子。在怀抱中，不畏生人，见人辄笑，亦大有母风云。

异史氏曰：观其孜孜憨笑，似全无心肝者。而墙下恶作剧，其黠孰甚焉。至凄恋鬼母，反笑为哭，我婴宁何常憨耶。窃闻山中有草，名『笑矣乎』，嗅之，则笑不可止。房中植此一种，则合欢、忘忧，并无颜色矣。若解语花⑩，正嫌其作态耳。

注释

①莒：古国名，后置为州县，在今山东省莒县一带。

②求凰：指男子向女子求爱。汉司马相如为向卓文君求爱而作《琴歌》：『凤兮凤兮归故乡，遨游四海求其凰。』

③醮禳：指祈祷消灾。醮，祭祀鬼神。禳，消除灾祸。

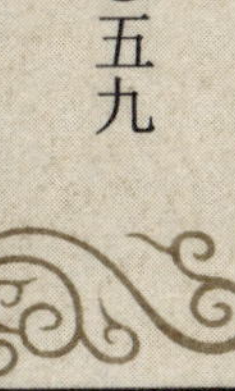

④鸟道：喻指险峻的山路。
⑤粗粝：指糙米。此处指粗茶淡饭。
⑥肃客：请客人进屋。《礼记·曲礼》：『主人肃客而入。』
⑦窭贫：指贫穷。《诗·邶风·北门》：『终窭且贫。』
⑧楹：量词，一间房屋为一楹。
⑨殂谢：指死亡。
⑩解语花：指善解人意的美女。据《开元天宝遗事·解语花》载，唐明皇与杨贵妃曾在太液池赏花，左右极赞池花之美，而『帝指贵妃示于左右曰：「争如我解语花」』。

聂小倩

宁采臣，浙人。性慷爽，廉隅[①]自重。每对人言：『生平无二色[②]。』适赴金华，至北郭，解装兰若。寺中殿塔壮丽，然蓬蒿没人，似绝行踪。东西僧舍，双扉虚掩，惟南一小舍，扃键如新。又顾殿东隅，修竹拱把，阶下有巨池，野藕已花。意甚乐其幽杳。会学使案临，城舍价昂，思便留止，遂散步以待僧归。日暮，有士人来，启南扉。宁趋为礼，且告以意。士人曰：『此间无房主，仆亦侨居。能甘荒落，旦暮惠教，幸甚！』宁喜，藉藁代床，支板作几，为久客计。是夜，月明高洁，清光似水，二人促膝殿廊，各展姓字。士人自言：『燕姓，字赤霞。』宁疑为赴试者，而听其音声，殊不类浙。诘之，自言：『秦人。』语甚朴诚。既而相对词竭，遂拱别归寝。

宁以新居，久不成寐。闻舍北喁喁，如有家口。起伏北壁石窗下微窥之，见短墙外一小院落，有妇可四十余；又一媪衣黦绯，插蓬沓，鲐背龙钟，偶语月下。妇曰：『小倩何久不来？』媪曰：『殆好至矣。』妇曰：『将无向姥姥有怨言否？』曰：『不闻；但意似蹙蹙[3]。』妇曰：『婢子不宜好相识。』言未已，有十七八女子来，仿佛艳绝。媪笑曰：『背地不言人，我两个正谈道，小妖婢悄来无迹响，幸不訾着短处。』又曰：『小娘子端好是画中人，遮莫老身是男子，也被摄去。』女曰：『姥姥不相誉，更阿谁道好？』妇人女子又不知何言。宁意其邻人眷口，寝不复听；又许时，始寂无声。

方将睡去，觉有人至寝所，急起审顾，则北院女子也。惊问之，女笑曰：『月夜不寐，愿修燕好[4]。』宁正容曰：『卿防物议，我畏人言。略一失足，廉耻道丧。』女云：『夜无知者。』宁又咄之。女逡巡若复有词。宁叱：『速去！不然，当呼南舍生知。』女惧，乃退。至户外忽返，以黄金一锭置褥上。宁掇掷庭墀，曰：『非义之物，污我囊橐！』女惭出，拾金自言曰：『此汉当是铁石。』

诘旦有兰溪生携一仆来候试，寓于东厢，至夜暴亡。足心有小孔，如锥刺者，细细有血出，俱莫知故。经宿一仆死，症亦如之。向晚燕生归，宁质之，燕以为魅。宁素抗直，颇不在意。宵分女子复至，谓宁曰：『妾阅人多矣，未有刚肠如君者。君诚圣贤，妾不敢欺。小倩，姓聂氏，十八夭殂，葬于寺侧，被妖物威胁，历役贱务，腆颜向人，实非所乐。今寺中无可杀者，恐当以夜叉来。』宁骇求计。女曰：『与燕生同室可免。』问：『何不惑燕生？』曰：『彼奇人也，固不敢近。』又问：『何以迷人？』曰：『狎昵我者，隐以锥刺其足，彼即茫若迷，因摄血以供妖饮。又惑以金，非金也，乃罗刹[5]鬼骨，留之能截取人心肝。二者，凡以投时好耳。』宁感谢，问戒备之期，答以明

宵。临别泣曰：『妾堕玄海⑥，求岸不得。郎君义气干云，必能拔生救苦。倘肯囊妾朽骨，归葬安宅，不啻再造。』宁毅然诺之。因问葬处，曰：『但记白杨之上，有乌巢者是也。』言已出门，纷然而灭。

明日恐燕他出，早诣邀致。辰后具酒馔，留意察燕。既约同宿，辞以性癖耽寂。宁不听，强携卧具来，燕不得已，移榻从之，嘱曰：『仆知足下丈夫，倾风良切。要有微衷，难以遽白。幸勿翻窥箧襆，违之两俱不利。』宁谨受教。既各寝，燕以箱箧置窗上，就枕移时，齁如雷吼。宁不能寐。近一更许，窗外隐隐有人影。俄而近窗来窥，目光睒闪。宁惧，方欲呼燕，忽有物裂箧而出，耀若匹练，触折窗上石棂，欻然一射，即遽敛入，宛如电灭。燕觉而起，宁伪睡以觇之。燕捧箧检征，取一物，对月嗅视，白光晶莹，长可二寸，径韭叶许。已而数重包固，仍置破箧中。自语曰：『何物老魅，直尔大胆，致坏箧子。』遂复卧。宁大奇之，因起问之，且告以所见。燕曰：『既相知爱，何敢深隐。我，剑客也。若非石棂，妖当立毙；虽然，亦伤。』问：『所缄何物？』曰：『剑也。适嗅之，有妖气。』宁欲观之。慨出相示，荧荧然一小剑也。于是益厚重燕。

明日，视窗外，有血迹。遂出寺北，见荒坟累累，果有白杨，乌巢其颠。迨营谋既就，趣装欲归。燕生设祖帐，情义殷渥，以破革囊赠宁，曰：『此剑袋也。宝藏可远魑魅。』宁欲从受其术。曰：『如君信义刚直，可以为此，然君犹富贵中人，非此道中人也。』宁托有妹葬此，发掘女骨，敛以衣衾，赁舟而归。宁斋临野，因营坟葬诸斋外，祭而祝曰：『怜卿孤魂，葬近蜗居，歌哭相闻，庶不见凌于雄鬼。一瓯浆水饮，殊不清旨，幸不为嫌！』祝毕而返，后有人呼曰：『缓待同行！』回顾，则小倩也。欢喜谢曰：『君信义，十死不足以报。请从归，拜识姑嫜，媵御无悔。』审谛之，肌映流霞，足翘细笋，

白昼端相，娇丽尤绝。遂与俱至斋中。嘱坐少待，先入白母。母愕然。时宁妻久病，母戒勿言，恐所骇惊。言次，女已翩然入，拜伏地下。宁曰：『此小倩也。』母惊顾不遑。女谓母曰：『儿飘然一身，远父母兄弟。蒙公子露覆，泽被发肤，愿执箕帚，以报高义。』母见其绰约可爱，始敢与言，曰：『小娘子惠顾吾儿，老身喜不可已。但生平止此儿，用承祧绪，不敢令有鬼偶。』女曰：『儿实无二心。泉下人既不见信于老母，请以兄事，依高堂，奉晨昏，如何？』母怜其诚，允之。即欲拜嫂，母辞以疾，乃止。女即入厨下，代母尸饔。入房穿榻，似熟居者。

日暮，母畏惧之，辞使归寝，不为设床褥。女窥知母意，即竟去。过斋欲入，却退，徘徊户外，似有所惧。生呼之。女曰：『室有剑气畏人。向道途中不奉见者，良以此故。』宁悟为革囊，取悬他室。女乃入，就烛下坐；移时，殊不一语。久之，问：『夜读否？妾少诵《楞严经》，今强半遗忘。浼求一卷，夜暇就兄正之。』宁诺。又坐，默然，二更向尽，不言去。宁促之。愀然曰：『异域孤魂，殊怯荒墓。』宁曰：『斋中别无床寝，且兄妹亦宜远嫌。』女起，颦蹙欲啼，足恇儴而懒步，从容出门，涉阶而没。宁窃怜之，欲留宿别榻，又惧母嗔。女朝旦朝母，捧匜沃盥，下堂操作，无不曲承母志。黄昏告退，辄过斋头，就烛诵经。觉宁将寝，始惨然出。

先是，宁妻病废，母劬不堪；自得女，逸甚，心德之。日渐稔，亲爱如己出，竟忘其为鬼，不忍晚令去，留与同卧起。女初来未尝饮食，半年渐啜稀酏。母子皆溺爱之，讳言其鬼，人亦不知辨也。无何，宁妻亡，母隐有纳女意，然恐于子不利。女微知之，乘间告曰：『居年余，当知肝膈。为不欲祸行人，故从郎君来。区区无他意，止以公子光明磊落，为天人所钦瞩，实欲依赞三数年，借博封诰，以光泉壤。』母亦知无恶，惧不能延宗嗣。女曰：『子女惟天所授。郎君注福籍，有亢宗子三，不以鬼妻而遂夺也。』母信之，与子议。宁喜，因列筵告戚党。或请觌新妇，女慨然华妆出，一堂尽眙，反不疑其鬼，疑为仙。由是五党诸内眷，咸执贽以贺，争拜识之。女善画兰梅，辄以尺幅酬答，得者藏之什袭以为荣。

一日俯颈窗前，怊怅若失。忽问：『革囊何在？』曰：『以卿畏之，故缄致他所。』曰：『妾受生气已久，当不复畏，宜取挂床头。』宁诘其意，曰：『三日来，心怔忡无停息，意金华妖物，恨妾远遁，恐旦晚寻及也。』宁果携革囊来。女反复审视，曰：『此剑仙将盛人头者也。敝败至此，不知杀人几何许！妾今日视之，肌犹粟粟。』乃悬之。次日又命移悬户上。夜对烛坐，约宁勿寝。匝欻有一物，如飞鸟至。女惊匿夹幕间。宁视之，物如夜叉状，电目血舌，睒闪攫拿而前，至门却步，逡巡久之，渐近革囊，以爪摘取，似将抓裂。囊忽格然一响，大可合篑⑦，恍惚有鬼物突出半身，揪夜叉入，声遂寂然，囊亦顿索如故。宁骇诧，女亦出，大喜曰：『无恙矣！』共视囊中，清水数斗而已。

后数年，宁果登进士。举一男。纳妾后，又各生一男，皆仕进有声。

注释

①廉隅：喻指品行端正。《礼记·儒行》：『近文章，砥厉廉隅。』

②无二色：指男子不娶妾室，没有外遇。色，女色。

③蹙蹙：形容忧愁的样子。

④燕好：指夫妇闺房之乐。

⑤罗刹：梵语音译，指佛教故事中食人血肉的恶鬼。慧琳《一切经音义》：『罗刹此云恶鬼，食人

血肉，或飞空或地行，捷疾可畏也。』

⑥玄海：佛教用语，指苦海。

⑦篑：盛土的竹器。

侠女

顾生，金陵[1]人，博于材艺，而家綦贫。又以母老不忍离膝下。惟日为人书画，受贽以自给。行年二十有五，伉俪[2]犹虚。对户旧有空第，一老妪及少女税居其中，以其家无男子，故未问其谁何。一日偶自外入，见女郎自母房中出，年约十八九，秀曼都雅，世罕其匹，见生不甚避，而意凛如也。生入问母。母曰：『是对户女郎，就吾乞刀尺，适言其家亦止一母。此女不似贫家产。问其何为不字，则以母老为辞。明日当往拜其母，便风以意，倘所望不奢，儿可代养其母。』明日，造其室，其母一聋媪耳。视其室并无隔宿粮，问所业则仰女十指。徐以同食之谋试之，媪意似纳，而转商其女；女默然，意殊不乐。母乃归。详其状而疑之曰：『女子得非嫌吾贫乎？为人不言亦不笑，艳如桃李，而冷如霜雪，奇人也！』母子猜叹而罢。

一日生坐斋头，有少年来求画，姿容甚美，意颇儇佻[3]。诘所自，以『邻村』对。嗣后三两日辄一至。稍稍稔熟，渐以嘲谑，生狎抱之亦不甚拒，遂私焉。由此往来昵甚。会女郎过，少年目送之，问为谁，对以『邻女』。少年曰：『艳丽如此，神情何可畏？』少间生入内，母曰：『适女子来乞米，云不举火者经日矣。此女至孝，贫极可悯，宜少周恤之。』生从母言，负斗米款门，达母意。女受之，亦不申谢。日尝至生家，见母作衣履，便代缝纫，出入堂中，操作如妇。生益德之。每获馈饵，必分给其母，女亦略不置齿颊。母适疽生隐处，宵旦号啕。女时就榻省视，为之洗创敷药，日三四作。母意甚不自安，而女不厌其秽。母曰：『唉！安得新妇如儿，而奉老身以死也！』言讫悲哽，女慰之曰：『郎子大孝，胜我寡母孤女什百矣。』母曰：『床头蹀躞④之役，岂孝子所能为者？且身已向暮，且夕犯雾露⑤，深以祧续为忧耳。』言间生入，母泣曰：『亏娘子良多，汝无忘报德。』生伏拜之。女曰：『君敬我母，我勿谢也，君何谢焉？』于是益敬爱之。然其举止生硬，毫不可干。

一日女出门，生目注之，女忽回首，嫣然而笑。生喜出意外，趋而从诸其家，挑之亦不拒，欣然交欢。已，戒生曰：『事可一而不可再。』生不应而归。明日又约之，女厉色不顾而去。日频来，时相遇，并不假以词色。少游戏之，则冷语冰人。忽于空处问生：『日来少年谁也？』生告之。女曰：『彼举止态状，无礼于妾频矣。以君之狎昵，故置之。请更寄语：再复尔，是不欲生也已！』生至夕，以告少年，且曰：『子必慎之，是不可犯！』少年曰：『既不可犯，君何私犯之？』生白其无。曰：『如其无，则猥亵之语，何以达君听哉？』生不能答。少年曰：『亦烦寄告：假惺惺勿作态；不然，我将遍播扬。』生甚怒之，情见于色，少年乃去。一夕方独坐，女忽至，笑曰：『我与君情缘未断，宁非天数。』生狂喜而抱于怀，欻闻履声籍籍，两人惊起，则少年推扉入矣。生惊问：『子胡为者？』笑曰：『我来观贞洁人耳。』顾女曰：『今日不怪人耶？』女眉竖颊红，默不一语，急翻上衣，露一革囊，应手而出，而尺许晶莹匕首也。少年见之，骇而却走。追出户外，四顾渺然。女以匕首望空抛掷，戛然有声，灿若长虹，俄一物堕地作响。生急烛之，则一白狐身首异处矣。大骇。女曰：

『此君之娈童⑥也。我固恕之，奈渠定不欲生何！』收刃入囊。生曳令入，曰：『适妖物败意，请来宵。』出门径去。次夕女果至，遂共绸缪。诘其术，女曰：『此非君所知。宜须慎秘，泄恐不为君福。』又订以嫁娶，曰：『枕席焉，提汲焉，非妇伊何也？业夫妇矣，何必复言嫁娶乎？』生曰：『将勿憎吾贫耶？』曰：『君固贫，妾富耶？今宵之聚，正以怜君贫耳。』临别嘱曰：『苟且之行，不可以屡。当来我自来，不当来相强无益。』后相值，每欲引与私语，女辄走避。然衣绽炊薪，悉为纪理，不啻妇也。

积数月，其母死，生竭力葬之。女由是独居。生意孤寝可乱，逾垣入，隔窗频呼，迄不应。视其门，则空室扃焉。窃疑女有他约。夜复往，亦如之。遂留佩玉于窗间而去之。越日，相遇于母所。既出，而女尾其后曰：『君疑妾耶？人各有心，不可以告人。今欲使君无疑，乌得可？然一事烦急为谋。』问之，曰：『妾体孕已八月矣，恐旦晚临盆。「妾身未分明」，能为君生之，不能为君育之。可密告母觅乳媪，伪为讨螟蛉者，勿言妾也。』生诺，以告母。母笑曰：『异哉此女！聘之不可，而顾私于我儿。』喜从其谋以待之。又月余，女数日不至，母疑之，往探其门，萧萧闭寂。叩良久，女始蓬头垢面自内出。启而入之，则复阖之。入其室，则呱呱者在床上矣。母惊问：『诞几时矣？』答云：『三日。』捉绷席而视之，则男也，且丰颐而广额。喜曰：『儿已为老身育孙子，伶仃一身，将焉所托？』女曰：『区区隐衷，不敢掬示老母。俟夜无人，可即抱儿去。』母归与子言，窃共异之。夜往抱子归。

更数夕，夜将半，女忽款门入，手提革囊，笑曰：『我大事已了，请从此别。』急询其故，曰：『养母之德，刻刻不去诸怀。向云「可一而不可再」者，以相报不在床笫也。为君贫不能婚，将为君延一线之续。本期一索而得，不意信水⑦复来，遂至破戒而再。今君德既酬，妾志亦遂，无憾矣。』问：

『囊中何物？』曰：『仇人头耳。』检而窥之，须发交而血模糊。骇绝，复致研诘。曰：『向不与君言者，以机事不密，惧有宣泄。今事已成，不妨相告：妾浙人。父官司马，陷于仇，彼籍⑧吾家。妾负老母出，隐姓名，埋头项，已三年矣。所以不即报者，徒以有母在；母去，又一块肉累腹中，因而迟之又久。曩夜出非他，道路门户未稔，恐有讹误耳。』言已出门，又嘱曰：『所生儿，善视之。君福薄无寿，此儿可光门闾。夜深不得惊老母，我去矣！』方凄然欲询所之，女一闪如电，瞥尔间遂不复见。生叹惋木立，若丧魂魄。明以告母，相为叹异而已。后三年生果卒。子十八举进士，犹奉祖母以终老云。

异史氏曰：人必室有侠女，而后可以畜娈童也。不然，尔爱其艾豭，彼爱尔娄猪矣！

注释

①金陵：今江苏南京市。

②伉俪：配偶，此处指妻子。伉，对等，匹敌。俪，配偶。《左传·成公十一年》：『已不能庇其伉俪而亡之。』

③儇佻：轻佻，轻薄。儇，轻佻。

④蹀躞：小步走路的样子。

⑤犯雾露：此处指患病而死。《史记·淮南厉王长传》：『逢雾露病死。』雾露，指风寒。

⑥娈童：原指美少年，后指被当作女性玩弄的男童。娈，美好。

⑦信水：月经。

⑧籍：没收。

莲香

桑生名晓，字子明，沂州人。少孤[①]，馆于红花埠。桑为人静穆自喜，日再出，就食东邻，余时坚坐而已。东邻生戏曰：『君独居，不畏鬼狐耶？』笑答曰：『丈夫[②]何畏鬼狐？雄来吾有利剑，雌者尚当开门纳之。』邻生归与友谋，梯妓于垣而过之，弹指叩扉。生窥问其谁，妓自言为鬼。生大惧，齿震震有声，妓逡巡自去。邻生早至生斋，生述所见，且告将归。邻生鼓掌曰：『何不开门纳之？』生顿悟其假，遂安居如初。积半年，一女子夜来叩斋，生意友人之复戏也，启门延入，则倾国之姝[③]。惊问所来。曰：『妾莲香，西家妓女。』埠上青楼故多，信之。息烛登床，绸缪甚至。自此，三五宿辄一至。

一夕独坐凝思，一女子翩然入。生意其莲，承逆与语。觌面殊非，年仅十五六，軃袖垂髫，风流秀曼，行步之间，若还若往。大愕，疑为狐。女曰：『妾良家女，姓李氏。慕君高雅，幸能垂盼。』生喜，握其手，冷如冰，问：『何凉也？』曰：『幼质单寒，夜蒙霜露，那得不尔。』既而罗襦衿解，俨然处子。女曰：『妾为情缘，葳蕤之质[④]，一朝失守，不嫌鄙陋，愿常侍枕席。房中得毋有人否？』生云：『无他，止一邻娼，顾亦不常至。』女曰：『当谨避之。妾不与院中人[⑤]等，君秘勿泄。彼来我往，彼往我来可耳。』鸡鸣欲去，赠绣履一钩，曰：『此妾下体所着，弄之足寄思慕。然有人慎勿弄也！』受而视之，翘翘如解结锥，心甚爱悦。越夕无人，便出审玩。女飘然忽至，遂信款昵。自此每出履，则女必应念而至。异而诘之。笑曰：『适当其时耳。』

一夜莲来，惊曰：『郎何神气萧索？』生言：『不自觉。』莲便告别，相约十日。去后，李来恒

无虚夕。问：『君情人何久不至？』因以相约告。李笑曰：『君视妾何如莲香美？』曰：『可称两绝，但莲卿肌肤温和。』李变色曰：『君谓双美，对妾云尔。渠必月殿仙人⑥，妾定不及。』因而不欢。乃屈指计十日之期已满，嘱勿漏，将窃窥之。次夜莲香果至，笑语甚洽。及寝，大骇曰：『殆矣！十日不见，何益惫损？保无有他遇否？』生询其故。曰：『妾以神气验之，脉拆拆如乱丝，鬼症也。』次夜李来，生问：『窥莲香何似？』曰：『美矣。妾固谓世间无此佳人，果狐也。去，吾尾之，南山而穴居。』生疑其妒，漫应之。逾夕戏莲香曰：『余固不信，或谓卿狐者。』莲亟问：『是谁所云？』笑曰：『我自戏卿。』莲曰：『狐何异于人？』曰：『惑之者病，甚则死，是以可惧。』莲香曰：『不然。如君之年，房后三日精气可复，纵狐何害？设旦旦而伐之，人有甚于狐者矣。天下病尸瘵鬼，宁皆狐蛊死耶？虽然，必有议我者。』生力白其无，莲诘益力。生不得已，泄之。莲曰：『我固怪君惫也。然何遽至此？得勿非人乎？君勿言，明宵当如渠窥妾者。』是夜李至，裁三数语，闻窗外嗽声，急亡去。莲入曰：『君殆矣！是真鬼物！昵其美而不速绝，冥路近矣！』生意其妒，默不语。莲曰：『固知君不忘情，然不忍视君死。明日当携药饵，为君以除阴毒。幸病蒂尤浅，十日恙当已。请同榻以视痊可。』次夜果出刀圭药啖生。顷刻，洞下三两行，觉脏腑清虚，精神顿爽。心虽德之，然终不信为鬼。

莲香夜夜同衾偎生，生欲与合，辄止之。数日后肤革充盈。欲别，殷殷嘱绝李，生谬应之。及闭户挑灯，辄捉履倾想，李忽至。数日隔绝，颇有怨色。生曰：『彼连宵为我作巫医，请勿为怼，情好在我。』李稍怿。生枕上私语曰：『我爱卿甚，乃有谓卿鬼者。』李结舌良久，骂曰：『必淫狐之惑君听也！若不绝之，妾不来矣！』遂呜呜饮泣。生百词慰解乃罢。隔宿莲香至，知李复来，怒曰：『君

必欲死耶！』生笑曰：『卿何相妒之深？』莲益怒曰：『君种死根，妾为若除之，不妒者将复何如？』生托词以戏曰：『彼云前日之病，为狐祟耳。』莲乃叹曰：『诚如君言，君迷不悟，万一不虞，妾百口何以自解？请从此辞。百日后当视君于卧榻中。』留之不可，怫然径去。由是与李夙夜必偕。约两月余，觉大困顿。初犹自宽解，日渐羸瘠，惟饮粥一瓯。欲归就奉养，尚恋恋不忍遽去。因循数日，沉绵不可复起。邻生见其病惫，日遣馆僮馈给食饮。生至是疑李，因谓李曰：『吾悔不听莲香之言，以至于此！』言讫而瞑。移时复苏，张目四顾，则李已去，自是遂绝。生羸卧空斋，思莲香如望岁⑦。一日方凝想间，忽有搴帘入者，则莲香也。临榻哂曰：『田舍郎，我岂妄哉！』生哽咽良久，自言知罪，但求拯救。莲曰：『病入膏肓，实无救法。姑来永诀，以明非妒。』生大悲曰：『枕底一物，烦代碎之。』莲搜得履，持就灯前，反复展玩。李欻女入，卒见莲香，返身欲遁。莲以身闭门，李窘急不知所出。生责数之，李不能答。莲笑曰：『妾今始得与阿姨面相质。昔谓郎君旧疾，未必非妾致，今竟何如？』李俯首谢过。莲曰：『佳丽如此，乃以爱结仇耶？』李即投地陨泣，乞垂怜救。莲遂扶起，细诘生平。曰：『妾，李通判女，早夭，瘗于墙外。已死春蚕，遗丝未尽。与郎偕好，妾之愿也；致郎于死，良非素心。』莲曰：『闻鬼利人死，以死后可常聚，然否？』曰：『不然！两鬼相逢，并无乐处。如乐也，泉下少年郎岂少哉！』莲曰：『痴哉！夜夜为之，人且不堪，而况于鬼！』李问：『狐能死人，何术独否？』莲曰：『是采补者流，妾非其类。故世有不害人之狐，断无不害人之鬼，以阴气盛也。』生闻其语，始知狐鬼皆真，幸习常见惯，颇不为骇。但念残息如丝，不觉失声大痛。莲顾问：『何以处郎君者？』李赧然逊谢。莲笑曰：『恐郎强健，醋娘子要食杨梅也。』李敛衽⑧曰：『如有医国手⑨，使妾得无负郎君，便当埋首地下，敢复腼然于人世耶！』莲解囊出药，曰：『妾早知有今，别后采药三山⑩，凡三阅月，物料始备，瘵蛊至死，投之无不苏者。然症何由得，仍以何引，不得不转求效力。』问：『何需？』曰：『樱口中一点香唾耳。我一丸进，烦接口而唾之。』李晕生颐颊，俯首转侧而视其履。莲戏曰：『妹所得意惟履耳！』李益惭，俯仰若无所容。莲曰：『此平时熟技，今何吝焉？』遂以丸纳生吻，转促逼之，李不得已唾之。莲曰：『再！』又唾之。凡三四唾，丸已下咽。少间腹殷然如雷鸣，复纳一丸，自乃接唇而布以气。生觉丹田火热，精神焕发。莲曰：『愈矣！』

李听鸡鸣，彷徨别去。莲以新瘥，尚须调摄，就食非计，因将户外反关，伪示生归，以绝交往，日夜守护之。李亦每夕必至，给奉殷勤，事莲犹姊，莲亦深怜爱之。居三月生健如初，李遂数夕不至；偶至，一望即去。相对时亦悒悒不乐。莲常留与共寝，必不肯。生追出，提抱以归，身轻若刍灵。女不得遁，遂着衣偃卧，蜷其体不盈二尺。莲益怜之，阴使生狎抱之，而撼摇亦不得醒。生睡去，觉而索之已杳。后十余日更不复至。生怀思殊切，恒出履共弄。莲曰：『窈娜如此，妾见犹怜，何况男子！』生曰：『昔日弄履则至，心固疑之，然终不料其鬼。今对履思容，实所怆恻。』因而泣下。

先是，富室张姓有女子燕儿，年十五，不汗而死。终夜复苏，起顾欲奔。张扃户，不得出。女自言：『我通判女魂。感桑郎眷注，遗舄犹存彼处。我真鬼耳，锢我何益？』以其言有因，诘其至此之由。女低徊反顾，茫不自解。或有言桑生病归者，女执辨其诬。家人大疑。东邻生闻之，逾垣往窥，见生方与美人对语。掩入逼之，张皇间已失所在。邻生骇诘。生笑曰：『向固与君言，雌者则纳之耳。』邻生述燕儿之言。生乃启关，将往侦探，苦无由。张母闻生果未归，益奇之。故使佣媪索履，生遂出以授。燕儿得之喜。试着之，鞋小于足者盈寸，大骇。揽镜自照，忽恍然悟己之借躯以生也者，因陈所由。母始信之。女镜面大哭曰：『当日形貌，颇堪自信，每见莲姊，犹增惭怍。今反若此，人也不如其鬼也！』把履号啕，劝之不解。蒙衾僵卧，食之，亦不食，体肤尽肿；凡七日不食，卒不死，而肿渐消；觉饥不可忍，乃复食。数日，遍体瘙痒，皮尽脱。晨起，睡舄遗堕，索着之，则硕大无朋矣。因试前履，肥瘦吻合，乃喜。复自镜，则眉目颐颊，宛肖生平，益喜。盥栉见母，见者尽眙。

莲香闻其异，劝生媒通之，而以贫富悬邈，不敢遽进。会媪初度，因从其子婿行往为寿。媪睹生名，故使燕儿窥帘认客。生最后至，女骤出捉袂，欲从与俱归。母诃谯之，始惭而入。生审视宛然，不觉零涕，因拜伏不起。媪扶之，不以为侮。生出，浼女舅执柯，媪议择吉赘生。生归告莲香，且商所处。莲怅然良久，便欲别去，生大骇泣下。莲曰：『君行花烛于人家，妾从而往，亦何形颜？』生谋先与旋里而后迎燕，莲乃从之。生以情白张。张闻其有室，怒加诮让。燕儿力白之，乃如所请。至日生往亲迎，家中备具颇甚草草。及归，则自门达堂，悉以罽毯贴地，百千笼烛，灿列如锦。莲香扶新妇入青庐[11]，搭面既揭，欢若生平。莲陪卺饮[12]，因细诘还魂之异。燕曰：『尔日抑郁无聊，徒以身为异物，自觉形秽。别后愤不归墓，随风漾泊。每见生人则羡之。昼凭草木，夜则信足浮沉。偶至张家，见少女卧床上，近附之，未知遂能活也。』莲闻之，默默若有所思。

逾两月，莲举一子。产后暴病，日就沉绵。捉燕臂曰：『敢以孽种相累，我儿即若儿。』燕泣下，姑慰藉之。为召巫医，辄却之。沉痼弥留，气如悬丝，生及燕儿皆哭。忽张目曰：『勿尔！子乐生，我乐死。如有缘，十年后可复得见。』言讫而卒。启衾将敛，尸化为狐。生不忍异视，厚葬之。子名狐儿，燕抚如己出。每清明必抱儿哭诸其墓。后生举于乡，家渐裕，而燕苦不育。狐儿颇慧，然单弱多疾。燕每欲生置媵。一日，婢忽白：『门外一妪，携女求售。』燕呼入，卒见，大惊曰：『莲姊复出耶！』生视之，真似，亦骇。问：『年几何？』答云：『十四。』聘金几何？』曰：『老身止此一块肉，但俾得所，妾亦得啖饭处，后日老骨不至委沟壑，足矣。』生优价而留之。燕握女手入密室，撮其颔而笑曰：『汝识我否？』答言：『不识。』诘其姓氏，曰：『妾韦姓。父徐城卖浆者，死三年矣。』燕屈指停思，莲死恰十有四载。又审视女仪容态度，无一不神肖者。乃拍其顶而呼曰：『莲姊，莲姊！十年相见之约，当不欺吾！』女忽如梦醒，豁然曰：『咦！』熟视燕儿。生笑曰：『此「似曾相识燕归来」也。』女泫然曰：『是矣。闻母言，妾生时便能言，以为不祥，犬血饮之，遂昧宿因。今日始如梦寤。娘子其耻于为鬼之李妹耶？』共话前生，悲喜交至。一日，寒食，燕曰：『此每岁妾与郎君哭姊日也。』遂与亲登其墓，荒草离离，木已拱矣。女亦太息。燕谓生曰：『妾与莲姊，两世情好，不忍相离，宜令白骨同穴。』生从其言，启李冢得骸，舁归而合葬之。亲朋闻其异，吉服临穴，不期而会者数百人。余庚戌南游至沂，阻雨休于旅舍。有刘生子敬，其中表亲，出同社王子章所撰《桑生传》，约万余言，得卒读。此其崖略⑬耳。

异史氏曰：嗟乎！死者而求其生，生者又求其死，天下所难得者非人身哉？奈何具此身者，往往而置之，遂至腆然而生不如狐，泯然而死不如鬼。王阮亭云：『贤哉莲娘！巾帼中吾见亦罕，况狐耶！』

注释

①孤：幼年死去父亲或父母双亡。《孟子·梁惠王下》：『幼而无父曰孤。』

②丈夫：大丈夫，男子汉。

③倾国之姝：指绝色女子。倾国，亦称倾国倾城，指美女。《汉书·外戚传》载李延年歌：『北方有佳人，绝世而独立；一顾倾人城，再顾倾人国。宁不知倾城与倾国，佳人难再得。』

④葳蕤之质：指娇弱的处女之身。葳蕤，草名。任防《述异记》：『葳蕤草，一名丽草，又呼为女草，江浙中呼娃草。美女曰娃，故以为名。』

⑤院中人：指妓女。

⑥月殿仙人：传说中的月中仙女嫦娥。喻指容貌美丽的女子。

⑦望岁：盼望丰收。《左传·昭公三十年》：『闵闵焉如农夫望岁，惧以待食。』

⑧敛衽：整理衣襟而拜，表示恭敬。衽，衣襟。

⑨医国手：原指医术高超，此处指能起死回生的神奇本领。

⑩三山：神话传说中的三座仙山，即方丈、蓬莱、瀛洲。

⑪青庐：古代北方民族举行婚礼时用的青布搭成的篷帐。段成式《酉阳杂俎·礼异》：『北朝婚礼，青布幔为屋，在门内外，谓之青庐。』

⑫卺饮：旧时夫妻结婚的一种仪式，把一个匏瓜剖成两个瓢，新郎新娘各拿一个饮酒。《礼记·昏义》：『合卺而卺。』

⑬崖略：大略。

阿宝

粤西孙子楚，名士也。生有枝指①；性迂讷，人诳之辄信为真。或值座有歌妓，则必遥望却走。或知其然，诱之来，使妓狎逼之，则赪颜②彻颈，汗珠珠下滴，因共为笑。遂貌其呆状，相邮传作丑语，而名之『孙痴』。

邑大贾某翁，与王侯埒富③，姻戚皆贵胄。有女阿宝，绝色也，日择良匹，大家儿争委禽妆④，皆不当翁意。生时失俪，有戏之者劝其通媒，生殊不自揣，果从其教，翁素耳其名而贫之。媒媪将出，适遇宝，问之，以告。女戏曰：『渠去其枝指，余当归之。』媪告生。生曰：『不难。』媒去，生以斧自断其指，大痛彻心，血益倾注，滨死。过数日始能起，往见媒而示之。媪惊，奔告女；女亦奇之，戏请再去其痴。生闻而哗辨，自谓不痴，然无由见而自剖。转念阿宝未必美如天人，何遂高自位置如此？由是曩念顿冷。

会值清明，俗于是日妇女出游，轻薄少年亦结队随行，恣其月旦。有同社数人强邀生去。或嘲之曰：『莫欲一观可人否？』生亦知其戏己，然以受女揶揄故，亦思一见其人，忻然随众物色之。遥见有女子憩树下，恶少年环如墙堵。众曰：『此必阿宝也。』趋之，果宝也。审谛之，娟丽无双。少倾人益稠。女起，遽去。众情颠倒，品头题足，纷纷若狂；生独默然。及众他适，回视生犹痴立故所，呼之不应。群曳之曰：『魂随阿宝去耶？』亦不答。众以其素讷，故不为怪，或推之，或挽之以归。至家直上床卧，终日不起，冥如醉，唤之不醒。家人疑其失魂，招于旷野，莫能效。强拍问之，则朦胧应云：『我在阿宝家。』及细诘之，又默不语，家人惶惑莫解。初，生见女去，意不忍舍，觉身已从之行，渐傍其

衿带间，人无呵者。遂从女归，坐卧依之，夜辄与狎，甚相得。然觉腹中奇馁，思欲一返家门，而迷不知路。女每梦与人交，问其名，曰：『我孙子楚也。』心异之，而不可以告人。生卧三日，气休休若将澌灭。家人大恐，托人婉告翁，欲一招魂其家。翁笑曰：『平昔不相往还，何由遗魂吾家？』家人固哀之，翁始允。巫执故服、草荐以往。女诘得其故，骇极，不听他往，直导入室，任招呼而去。巫归至门，生榻上已呻。既醒，女室之香奁什具，何色何名，历言不爽。女闻之，益骇，阴感其情之深。

生既离床寝，坐立凝思，忽忽若忘。每伺察阿宝，希幸一再遘之。浴佛节⑤，闻将降香水月寺，遂早旦往候道左，目眩睛劳。日涉午，女始至，自车中窥见生，以掺手搴帘，凝睇不转。生益动，尾从之。女忽命青衣来诘姓字。生殷勤自展，魂益摇。车去始归。归复病，冥然绝食，梦中辄呼宝名，每自恨魂不复灵。家旧养一鹦鹉，忽毙，小儿持弄于床。生自念：倘得身为鹦鹉，振翼可达女室。心方注想，身已翩然鹦鹉，遽飞而去，直达宝所。女喜而扑之，锁其肘，饲以麻子。大呼曰：『姐姐勿锁！我孙子楚也！』女大骇，解其缚，亦不去。女祝曰：『深情已篆中心。今已人禽异类，姻好何可复圆？』鸟云：『得近芳泽，于愿已足。』他人饲之不食，女自饲之则食；女坐则集其膝，卧则依其床。如是三日，女甚怜之。阴使人生，生则僵卧气绝已三日，但心头未冰耳。女又祝曰：『君能复为人，当誓死相从。』鸟云：『诳我！』女乃自矢。鸟侧目若有所思。少间，女束双弯，解履床下，鹦鹉骤下，衔履飞去。女急呼之，飞已远矣。

女使妪往探，则生已寤。家人见鹦鹉衔绣履来，堕地死，方共异之。生既苏即索履，众莫知故。适妪至，入视生，问履所在。生曰：『是阿宝信誓物。借口相覆，小生不忘金诺也。』妪反命，女益奇之，

故使婢泄其情于母。母审之确，乃曰：『此子才名亦不恶，但有相如之贫。择数年得婿若此，恐将为显者笑。』女以履故，矢不他。翁媪从之，驰报生。生喜，疾顿瘳。翁议赘诸家。女曰：『婿不可久处岳家。况郎又贫，久益为人贱。儿既诺之，处蓬茅而甘藜藿，不怨也。』生乃亲迎⑥成礼，相逢如隔世欢。

自是家得奁妆小阜，颇增物产。而生痴于书，不知理家人生业。女善居积，亦不以他事累生，居三年家益富。生忽病消渴，卒。女哭之痛，泪眼不晴，至绝眠食，劝之不纳，乘夜自经。婢觉之，急救而醒，终亦不食。三日集亲党，将以殓生。闻棺中呻以息，启之，已复活。自言：『见冥王，以生平朴诚，命作部曹。忽有人白：「孙部曹之妻将至。」王稽鬼录，言：「此未应便死。」又白：「不食三日矣。」王顾谓：「感汝妻节义，姑赐再生。」因使驭卒控马送余还。』由此体渐平。值岁大比，入闱之前，诸少年玩弄之，共拟隐僻之题七，引生僻处与语，言：『此某家关节，敬秘相授。』生信之，昼夜揣摩制成七艺，众隐笑之。时典试者虑熟题有蹈袭弊，力反常经，题纸下，七艺皆符。生以是抡魁。明年举进士，授词林。上闻异，召问之，生具启奏，上大嘉悦。后召见阿宝，赏赉有加焉。

异史氏曰：性痴则其志凝，故书痴者文必工，艺痴者技必良。世之落拓而无成者，皆自谓不痴者也。且如粉花荡产，卢雉倾家，顾痴人事哉！以是知慧黠而过，乃是真痴，彼孙子何痴乎！

注释

①枝指：六指。

②赧颜：脸红。赧，红色。

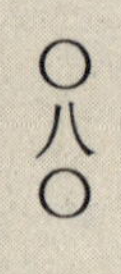

③埒富：同样富有。《史记·平准书》：『故吴诸侯也，以即山铸钱，富埒天子。』埒，相等。

④委禽妆：送订婚聘礼。古时男方请媒人往女方提亲，得到应允后，再请媒人正式向女家纳『采择之礼』。《仪礼·士昏礼》：『昏礼，下达纳采。用雁。』古时纳采用雁，故称『委禽妆』。

⑤浴佛节：指为了纪念释迦牟尼诞生的佛教仪式节日，又称佛诞节。寺庙举行诵经法会，并根据佛降生时天上九龙吐出香水为佛洗浴的传说，以各种名香浸水洗浴佛像。

⑥亲迎：古时婚礼仪式之一，男方亲自到女家迎娶。

九山王

曹州李姓者，邑诸生，家素饶，而居宅故不甚广，舍后有园数亩，荒置之。一日有叟来税屋，出直百金，李以无屋为辞。叟曰：『请受之，但无烦虑。』李不喻其意，姑受之，以觇其异。越日，村人见舆马眷口入李家，纷纷甚夥，共疑李第无安顿所，问之。李殊不自知，归而察之，并无迹响。过数日叟忽来谒，且云：『庇宇下[1]已数晨夕，事事都草创，起炉作灶，未暇一修客子礼。今遣小女辈作黍，幸一垂顾。』李从之，则入园中，见舍宇华好，崭然一新；入室陈设芳丽，酒鼎沸于廊下，茶烟袅于厨中。俄而行酒荐馔，备极甘旨[2]，时见庭下少年人，往来甚众；又闻儿女喁喁，幕中作笑语声；家人婢仆，似有数十百口。李心知其狐。席终而归，阴怀杀心。每入市，市硝硫积数百斤，暗布园中殆满。骤火之，焰亘霄汉，如黑灵芝，燔臭灰眯不可近，但闻鸣啼嗥动之声，嘈杂聒耳。既熄入视，则死狐满地，焦头烂额者不可胜计。方阅视间，叟自外来，颜色惨恸，责李曰：『夙无嫌怨，荒园报岁百金非少；何忍遂相族灭？此奇惨之仇无不报者！”忿然而去。疑其掷砾为殃，而年余无少怪异。

时顺治初年，山中群盗窃发，啸聚万余人，官莫能捕。生以家口多，日忧离乱。适村中来一星者，自号“南山翁”，言人休咎③，了若目睹，名大噪，李召至家，求推甲子④。翁愕然起敬，曰：“此真主也！”李闻大骇，以为妄；翁正容固言之。李疑信半焉，乃曰：“岂有白手受命而帝者乎？”翁谓：“不然。自古帝王，类多起于匹夫，谁是生而天子者？”生惑之，前席而请。翁毅然以“卧龙⑤”自任。请先备甲胄数千具、弓弩数千事。李虑人莫之归。翁曰：“臣请为大王连诸山，深相结。使哗言者谓大王真天子，山中士卒，宜必响应。”李喜，遣翁行。发藏镪，造甲胄。翁数日始还，曰：“借大王威福，加臣三寸舌，诸山莫不愿执鞭，从戟下。”浃旬之间，果归命者数千人。于是拜翁为军师，建大纛，设彩帜若林，据山立栅，声势震动。邑令率兵来讨，翁指挥群寇大破之。令惧，告急于兖。兖兵远涉而至，翁又伏寇进击，兵大溃，将士杀伤者甚众。势益震，党以万计，因自立为“九山王”。翁患马少，会都中解马赴江南，遣一旅要路篡取之。由是“九山王”之名大噪。加翁为“护国大将军”。高卧山巢，公然自负，以为黄袍之加，指日可俟矣。东抚以夺马故，方将进剿，又得兖报，乃发精兵数千，与六道合围而进。军旅旌旗，弥满山谷。“九山王”大惧，召翁谋之，则不知所往。“九山王”窘急无术，登山而望曰：“今而知朝廷之势大矣！”山破被擒，妻孥戮之。始悟翁即老狐，盖以族灭报李也。

异史氏曰：夫人拥妻子，闭门科头，何处得杀？即杀，亦何由族哉？狐之谋亦巧矣。而壤无其种者，虽溉不生；彼其杀狐之残，方寸已有盗根，故狐得长其萌而施之报。今试执途人而告之曰：“汝为天子！”未有不骇而走者。明明导以族灭之为，而犹乐听之，妻子为戮，又何足云？然人听匪言也，始闻之而怒，继而疑，又既而信，迨至身名俱殒，而始悟其误也，大率⑥类此矣。

注释

①庇宇下：寄居的谦词。

②甘旨：指美味的食物。甘，甜。旨，香。

③休咎：指吉凶祸福。休，福禄。咎，祸殃。

④推甲子：以生辰八字来推算人命运的好坏。

⑤卧龙：指三国时蜀国名相诸葛亮。《三国志·蜀志·诸葛亮传》：『诸葛孔明者，卧龙也，将军岂愿见之乎？』后喻指军师。

⑥大率：大概，大致。

张诚

豫人张氏者，其先齐人，明末齐大乱，妻为北兵掠去。张常客豫，遂家焉。娶于豫，生子讷。无何，妻卒，又娶继室，生子诚。继室牛氏悍，每嫉讷，奴畜之，啖以恶草具①。使樵，日责柴一肩，无则挞楚诟诅，不可堪。隐畜甘脆饵诚，使从塾师读。

诚渐长，性孝友，不忍兄劬，阴劝母；母弗听。一日，讷入山樵，未终，值大风雨，避身岩下，雨止而日已暮。腹中大馁，遂负薪归。母验之少，怒不与食。饥火烧心，入室僵卧。诚自塾中来，见兄嗒然，问：『病乎？』曰：『饿耳。』问其故，以情告。诚愀然便去，移时怀饼来饵兄。兄问其所

自来。曰：『余窃面倩邻妇为之，但食勿言也。』讷食之。嘱弟曰：『后勿复然，事泄累弟。且日一啖，饥当不死。』诚曰：『兄故弱，乌能多樵！』次日，食后，窃赴山，至兄樵处。兄见之，惊问：『将何作？』答曰：『将助樵采。』问：『谁之遣？』曰：『我自来耳。』兄曰：『无论弟不能樵，纵或能之，且犹不可。』于是速之归。诚不听，以手足断柴助兄。且云：『明日当以斧来。』兄近止之。见其指已破，履已穿，悲曰：『汝不速归，我即以斧自刭死！』诚乃归。兄送之半途，方复回。樵既归，诣塾嘱其师曰：『吾弟年幼，宜闭之。山中虎狼多。』师曰：『午前不知何往，业夏楚之。』归谓诚曰：『不听吾言，遭笞责矣！』诚笑曰：『无之。』明日怀斧又去，兄骇曰：『我固谓子勿来，何复尔？』诚不应，刈薪且急，汗交颐不少休。约足一束，不辞而返。师又责之，乃实告之。师叹其贤，遂不之禁。兄屡止之，终不听。

一日与数人樵山中，欻有虎至，众惧而伏，虎竟衔诚去。虎负人行缓，为讷追及，讷力斧之，中胯。虎痛狂奔，莫可寻逐，痛哭而返。众慰解之，哭益悲。曰：『吾弟，非犹夫人之弟；况为我死，我何生焉！』遂以斧自刎其项。众急救之，入肉者已寸许，血溢如涌，眩瞀殒绝。众骇，裂之衣而约之，群扶以归。母哭骂曰：『汝杀吾儿，欲劙以塞责耶！』讷呻云：『母勿烦恼，弟死，我定不生！』置榻上，疮痛不能眠，惟昼夜依壁坐哭。父恐其亦死，时就榻少哺之，牛辄诟责，讷遂不食，三日而毙。

村中有巫走无常者[2]，讷途遇之，缅诉曩苦。因询弟所，巫言不闻，遂反身导讷去。至一都会，见一皂衫人自城中出，巫要遮代问之。皂衫人于佩囊中检牒审顾，男妇百余，并无犯而张者。巫疑在他牒。皂衫人曰：『此路属我，何得差逮。』讷不信，强巫入内城。城中新鬼、故鬼往来憧憧，亦有故识，就问，迄无知者。忽共哗言：『菩萨至！』仰见云中有伟人，毫光彻上下，顿觉世界通明。巫贺曰：『大郎[3]有福哉！菩萨几十年一入冥司拔诸苦恼，今适值之。』便捽讷跪。众鬼囚纷纷籍籍，合掌齐诵慈悲救苦之声，哄腾震地。菩萨以杨柳枝遍洒甘露，其细如尘；俄而雾收光敛，遂失所在。讷觉颈上沾露，斧处不复作痛。巫乃导与俱归，望见里门，始别而去。讷死二日，豁然竟苏，悉述所遇，谓诚不死。母以为撰造之诬，反诟骂之。讷负屈无以自伸，而摸创痕良瘥。自力起，拜父曰：『行将穿云入海往寻弟，如不可见，终此身勿望返也。愿父犹以儿为死。』翁引空处与泣，无敢留之，讷乃去。

每于冲衢[4]访弟耗，途中资斧断绝，丐而行。逾年达金陵，悬鹑百结，伛偻道上。偶见十余骑过，走避道侧。内一人如官长，年四十已来，健卒怒马，腾踔前后。一少年乘小驷，屡视讷。讷以其贵公子，未敢仰视。少年停鞭少驻，忽下马，呼曰：『非吾兄耶！』讷举首审视，诚也，握手大痛失声。诚亦哭曰：『兄何漂落以至于此？』讷言其情，诚益悲。骑者并下问故，以白官长。官命脱骑载讷，连辔归诸其家，始详诘之。初，虎衔诚去，不知何时置路侧，卧途中经宿，适张别驾自都中来，过之，见其貌文，怜而抚之，渐苏。言其里居，则相去已远，因载与俱归。又药敷伤处，数日始痊。别驾无长君，子之。盖适从游瞩也。诚具为兄告。言次，别驾入，讷拜谢不已。诚入内捧帛衣出进兄，乃置酒燕叙。别驾问：『贵族在豫，几何丁壮？』讷曰：『无有。父少齐人，流寓于豫。』别驾曰：『仆亦齐人。贵里何属？』答曰：『曾闻父言属东昌辖。』惊曰：『我同乡也！何故迁豫？』讷曰：『明季清兵入境，掠前母去。父遭兵燹，荡无家室。先贾于西道，往来颇稔，故止焉。』又惊问：『君家尊何名？』讷告之。别驾瞠而视，俯首若疑，疾趋入内。无何，太夫人出。共罗拜已，问讷曰：『汝是张炳之之孙耶？』曰：『然。』太夫人大哭，谓别驾曰：『此汝弟也。』讷兄弟莫能解。太夫人曰：『我适汝父三年，流离北去，身属黑固山半年，生汝兄。又半年固山死，汝兄补秩旗下迁此官。今解任矣。每刻刻念乡井，遂出籍，复故谱。屡遣人至齐，殊无所觅耗，何知汝父西徙哉！』乃谓别驾曰：『汝以弟为子，折福死矣！』别驾曰：『曩问诚，诚未尝言齐人，想幼稚不忆耳。』乃以齿序：别驾四十有一，为长；诚十六，最少；讷二十二，则伯而仲矣。别驾得两弟，甚欢，与同卧处，尽悉离散端由，将作归计。太夫人恐不见容。别驾曰：『能容则共之，否则析之。天下岂有无父之国？』

于是鬻宅办装，刻日西发。既抵里，讷及诚先驰报父。父自讷去，妻亦寻卒；块然一老鳏，形影自吊。忽见讷入，暴喜，恍恍以惊；又睹诚，喜极不复作言，潸潸以涕。又告以别驾母子至，翁辍泣愕然，不能喜，亦不能悲，蚩蚩以立。未几，别驾入，拜已；太夫人把翁相向哭。既见婢媪厮卒，内外盈塞，坐立不知所为。诚不见母，问之，方知已死，号嘶气绝，食顷始苏。别驾出资建楼阁，延师教两弟。马腾于槽，人喧于室，居然大家矣。

异史氏曰：余听此事至终，涕凡数堕。十余岁童子，斧薪助兄，慨然曰：『王览固再见乎！』于是一堕。至虎衔诚去，不禁狂呼曰：『天道愦愦如此！』于是一堕。及兄弟猝遇，则喜而亦堕。转增一兄，又益一悲，则为别驾堕。一门团圞，惊出不意，喜出不意，无从之涕，则为翁堕也。不知后世亦有善涕如某者乎？

注释

①恶草具：粗糙的食物。具，指食物。

②走无常者：迷信传说冥间的鬼常常勾摄阳间之人为之代为服役，被勾摄的人称为『走无常者』。

③大郎：此处指张讷。郎，对少年男子的敬称。

④冲衢：通往四面八方的交通要道。

巧娘

广东有缙绅傅氏，年六十余，生一子名廉，甚慧而天阉①，十七岁，阴裁如蚕。遐迩闻知，无以女女者。自分宗绪已绝，昼夜忧怛，而无如何。

廉从师读。师偶他出，适门外有猴戏者，廉视之，废学焉。度师将至而惧，遂亡去。离家数里，见一素衣女郎偕小婢出其前。女一回首，妖丽无比，莲步②蹇缓，廉趋过之。女回顾婢曰：『试问郎君，得无欲如琼乎？』婢果呼问，廉诘其何为，女曰：『倘之琼也，有尺书一函，烦便道寄里门③。老母在家，亦可为东道主。』廉出本无定向，念浮海亦得，因诺之。女出书付婢，婢转付生。问其姓名居里，云：『华姓，居秦女村，去北郭三四里。』生附舟便去。至琼州北郭，日已曛暮，问秦女村，迄无知者。望北行四五里，星月已灿，芳草迷目，旷无逆旅，窘甚。见道侧墓，思欲傍坟栖止，大惧虎狼，因攀树猱升，蹲踞其上。听松声谡谡，宵虫哀奏，中心忐忑，悔至如烧。

忽闻人声在下，俯瞰之，庭院宛然，一丽人坐石上，双鬟挑画烛，分侍左右。丽人左顾曰：『今夜月白星疏，华姑所赠团茶，可烹一盏，赏此良夜。』生意其鬼魅，毛发直竖，不敢少息。忽婢子仰视曰：『树上有人！』女惊起曰：『何处大胆儿，暗来窥人！』生大惧，无所逃隐，遂盘旋下，伏地乞宥。女近临一睇，反恚为喜，曳与并坐。睨之，年可十七八，姿态艳绝，听其言亦土音。问：『郎

何之？」答云：「为人作寄书邮。」女曰：「野多暴客，露宿可虞。不嫌蓬荜，愿就税驾。」邀生入。室惟一榻，命婢展两被其上。生自惭形秽，愿在下床。女笑曰：「佳客相逢，女元龙何敢高卧？」生不得已，遂与共榻，而惶恐不敢自舒。未几女暗中以纤手探入，轻捻胫股，生伪寐若不觉知。又未几启衾入，摇生，迄不动，女便下探隐处。乃停手怅然，悄悄出衾去，俄闻哭声。生惶愧无以自容，恨天公之缺陷而已。女呼婢篝灯。婢见啼痕，惊问所苦。女摇首曰：「我叹吾命耳。」婢立榻前，耽望颜色。女曰：「可唤郎醒，遣放去。」生闻之，倍益惭怍，且惧宵半，茫茫无所之。

筹念间，一妇人排闼入。婢白：「华姑来。」微窥之，年约五十余，犹风格。见女未睡，便致诘问，女未答。又视榻上有卧者，遂问：「共榻何人？」婢代答：「夜一少年郎寄此宿。」妇笑曰：「不知巧娘谐花烛。」见女啼泪未干，惊曰：「合卺之夕，悲啼不伦，将勿郎君粗暴也？」女不言，益悲。妇欲捋衣视生，一振衣，书落榻上。妇取视，骇曰：「我女笔意也！」拆读叹咤。女问之。妇云：「是三姐家报，言吴郎已死，茕无所依，且为奈何？」女曰：「彼固云为人寄书，幸未遣之去。」妇呼生起，究询书所自来，生备述之。妇曰：「远烦寄书，当何以报？」又熟视生，笑问：「何迕巧娘？」生言：「不自知罪。」又诘女，女叹曰：「自怜生适阉寺④，没奔椓人⑤，是以悲耳。」妇顾生曰：「慧黠儿，固雄而雌者耶？是我之客，不可久溷他人。」遂导生入东厢，探手于而验之。笑曰：「无怪巧娘零涕。然幸有根蒂，犹可为力。」挑灯遍翻箱簏，得黑丸授生，令即吞下，秘嘱勿哗，乃出。生独卧筹思，不知药医何症。将比五更，初醒，觉脐下热气一缕直冲隐处，蠕蠕然似有物垂股际，自探之，身已伟男。心惊喜，如乍膺九锡。

棂色才分，妇入，以炊饼纳生室，叮嘱耐坐，反关其户。出语巧娘曰：『郎有寄书劳，将留招三娘来与订姊妹交。且复闭置，免人厌恼。』乃出门去。生回旋无聊，时近门隙，如鸟窥笼。望见巧娘，辄欲招呼自呈，惭讷而止。延及夜分，妇始携女归。发扉曰：『闷煞郎君矣！三娘可来拜谢。』途中人逡巡入，向生敛衽。妇命相呼以兄妹，巧娘笑曰：『姊妹亦可。』并出堂中，团坐置饮。饮次，巧娘戏问：『寺人亦动心佳丽否？』生曰：『跛者不忘履，盲者不忘视。』相与粲然。巧娘以三娘劳顿，迫令安置。妇顾三娘，俾与生俱。三娘羞晕不行。妇曰：『此丈夫而巾帼者，何畏之？』敦促偕去。私嘱生曰：『阴为吾婿，阳为吾子，可也。』生喜，捉臂登床，发硎新试，其快可知，既于枕上问女：『巧娘何人？』曰：『鬼也。才色无匹，而时命蹇落。适毛家小郎子，病阉，十八岁而不能人，因邑邑不畅，赍恨如冥。』生惊，疑三娘亦鬼。女曰：『实告君，妾非鬼，狐耳。巧娘独居无耦，我母子无家，借庐栖止。』生大愕。女云：『无惧，虽故鬼狐，非相祸者。』由此日共谈宴。虽知巧娘非人，而心爱其娟好，独恨自献无隙。生蕴藉，善谀噱，颇得巧娘怜。一日华氏母子将他往，复闭生室中。生闷气，绕室隔扉呼巧娘；巧娘命婢历试数钥，乃得启。生附耳请间，巧娘遣婢去。生挽就寝榻，偎向之，女戏掬脐下，曰：『惜可儿此处阙然。』语未竟，触手盈握。惊曰：『何前之渺渺，而遽累然！』生笑曰：『前羞见客，故缩，今以诮谤难堪，聊作蛙怒耳。』遂相绸缪。已而恚曰：『今乃知闭户有因。昔母子流荡栖无所，假庐居之。三娘从学刺绣，妾曾不少秘惜。乃妒忌如此！』生劝慰之，且以情告，巧娘终衔之。生曰：『密之！华姑嘱我严。』语未及已，华姑掩入，二人皇遽方起。华姑嗔目，问：『谁启扉？』巧娘笑逆自承。华益怒，聒絮不已。巧娘故哂曰：『阿姥亦大笑人！是丈夫而巾帼者，何能为？』三娘见母与巧娘苦相抵，意不自安，以一身调停两间，始各拗怒为喜。巧娘言虽愤烈，然自是屈意事三娘。但华姑昼夜闲防，两情不得自展，眉目含情而已。

一日，华姑谓生曰：『吾儿姊妹皆已奉事君，念居此非计，君宜归告父母，早订永约。』即治装促生行。二女相向，容颜悲恻。而巧娘尤不可堪，泪滚滚如断贯珠，殊无已时。华姑排止之，便曳生出。至门外，则院宇无存，但见荒冢。华姑送至舟上，曰：『君行后，老身携两女僦屋于贵邑。倘不忘夙好，李氏废园中，可待亲迎。』生乃归。时傅父觅子不得，正切焦虑，见子归，喜出非望。生略述崖末，兼至华氏之订。父曰：『妖言何足听信？汝尚能生还者，徒以阉废故。不然，死矣！』生曰：『彼虽异物，情亦犹人，况又慧丽，娶之亦不为戚党笑。』父不言，但嗤之。生乃退而技痒，不安其分，辄私婢，渐至白昼宣淫，意欲骇闻翁媪。一日为小婢所窥，奔告母，母不信，薄观之，始骇。呼婢研究，尽得其状。喜极，逢人宣暴，以示子不阉，将论婚于世族。生私白母：『非华氏不娶。』母曰：『世不乏美妇人，何必鬼物？』生曰：『儿非华姑，无以知人道，背之不祥。』傅父从之，遣一仆一妪往觇之。出东郭四五里，寻李氏园。见败垣竹树中，缕缕有饮烟。妪下乘，直造其闼，则母子拭几濯溉，似有所伺。妪拜致主命。见三娘，惊曰：『此即吾家小主妇耶？我见犹怜，何怪公子魂思而梦绕之。』便问阿姊。华姑叹曰：『是我假女，三日前忽殂谢去。』因以酒食饷妪及仆。妪归，备道三娘容止，父母皆喜。末陈巧娘死耗，生恻恻欲涕。至亲迎之夜，见华姑亲问之。答云：『已投生北地矣。』生欷歔久之。迎三娘归，而终不能忘情巧娘，凡有自琼来者，必召见问之。或言秦女墓夜闻鬼哭，生诧其异，入告三娘。三娘沉吟良久，泣下曰：『妾负姊矣！』诘之，答云：『妾母子来时，实未使闻。兹之怨啼，将无是姊？向欲相告，恐彰母过。』生闻之，悲已而喜。即命舆，宵昼兼程，驰诣其墓，叩墓木而呼曰：『巧娘！巧娘！某在斯！』俄见女郎捧婴儿，自穴中出，举首酸嘶，怨望无已；生亦涕下。探怀问谁氏子，巧娘曰：『是君之遗孽也，诞三月矣。』生叹曰：『误听华姑言，使母子埋忧地下，罪将安辞！』乃与同舆，航海而归。抱子告母。母视之，体貌丰伟，不类鬼物，益喜。二女谐和，事姑孝。后傅父病，延医来。巧娘曰：『疾不可为，魂已离舍。』督治冥具，既竣而卒。儿长，绝肖父，尤慧，十四游泮。

高邮翁紫霞，客于广而闻之。地名遗脱，亦未知所终矣。

注释

①天阉：天生就没有生殖能力的男子。阉，阉割。

②莲步：指女子的脚步。《南史·东昏侯纪》：『凿金为莲花以帖地，令潘妃行其上，曰：「此步步生莲花也。」』

③里门：古时人们聚族列里而居，于里有门，称为里门。此处指族居之地。

④阉寺：宦官，太监。《后汉书·党锢列传》：『主荒政谬，国命委于阉寺。』

⑤椓人：宦官。椓刑，宫刑。

红玉

广平冯翁有一子，字相如，父子俱诸生。翁年近六旬，性方鲠，而家屡空①。数年间，媪与子妇又相继逝，井臼自操之。一夜，相如坐月下，忽见东邻女自墙上来窥。视之，美；近之，微笑；招以手，

不来亦不去。固请之，乃梯而过，遂共寝处。问其姓名，曰：『妾邻女红玉也。』生大爱悦，与订永好，女诺之。夜夜往来，约半年许。翁夜起闻女子含笑语，窥之见女，怒，唤生出，骂曰：『畜产所为何事！如此落寞，尚不刻苦，及学浮荡耶？人知之丧汝德，人不知促汝寿！』生跪自投，泣言知悔。翁叱女曰：『女子不守闺戒，既自玷，而又以玷人。倘事一发，当不仅贻寒舍羞！』骂已，愤然归寝。女流涕曰：『亲庭②罪责，良足愧辱！我二人缘分尽矣！』生曰：『父在不得自专。卿如有情，尚当含垢为好。』女言辞决绝，生乃洒涕。女止之曰：『妾与君无媒妁之言，父母之命，逾墙钻隙，何能白首？此处有一佳耦，可聘也。』告以贫。女曰：『来宵相俟，妾为君谋之。』次夜女果至，出白金四十两赠生。曰：『去此六十里，有吴村卫氏，年十八矣，高其价，故未售也。君重啖之，必合谐允。』言已别去。

生乘间语父，欲往相之，而隐馈金不敢告。翁自度无资，以是故止之。生又婉言：『试可乃已。』翁颔之。生遂假仆马，诣卫氏。卫故田舍翁，生呼出引与间语。卫知生望族，又见仪采轩豁，心许之，而虑其靳于资。生听其词意吞吐，会其旨，倾囊陈几上。卫乃喜，浼邻生居间，书红笺而盟焉，生入拜媪。居室逼侧，女依母自幛。微睨之，虽荆布之饰，而神情光艳，心窃喜。卫借舍款婿，便言：『公子无须亲迎。待少作衣妆，即合舁送去。』生与期而归。诡告翁，言卫爱清门，不责资。翁亦喜。至日卫果送女至。女勤俭，有顺德，琴瑟甚笃。逾二年举一男，名福儿。会清明抱子登墓，遇邑绅宋氏。宋官御史，坐行赇免，居林下，大煽威虐。是日亦上墓归，见女艳之，问村人知为生配。料冯贫士，诱以重赂冀可摇，使家人风示之。生骤闻，怒形于色。既思势不敌，敛怒为笑，归告翁。大怒，奔出，对其家人，指天画地，诟骂万端。家人鼠窜而去。宋氏亦怒，竟遣数人入生家，殴翁及子，汹若沸鼎。女闻之，弃儿于床，披发号救。群篡舁之，哄然便去。父子伤残，吟呻在地，儿呱呱啼室中。邻人共怜之，扶之榻上。经日，生杖而能起；翁忿不食，呕血寻毙。生大哭，抱子兴词，上至督抚，讼几遍，卒不得直。后闻妇不屈死，益悲。冤塞胸吭，无路可伸。每思要路刺杀宋，而虑其扈从繁，儿又罔托。日夜哀思，双睫为不交。忽一丈夫吊诸其室，虬髯阔颔，曾与无素。挽坐欲问邦族。客遽曰：『君有杀父之仇，夺妻之恨，而忘报乎？』生疑为宋人之侦，姑伪应之。客怒眦欲裂，遽出曰：『仆以君人也，今乃知不足齿之伧！』生察其异，跪而挽之，曰：『诚恐宋人我。今实布腹心：仆之卧薪尝胆者，固有日矣。但怜此褓中物，恐坠宗祧。君义士，能为我杵臼否？』客曰：『此妇人女子之事，非所能。君所欲托诸人者，请自任之；所欲自任者，愿得而代庖焉。』生闻，崩角在地，客不顾而出。生追问姓字，曰：『不济，不任受怨；济，亦不任受德。』遂去。生惧祸及，抱子亡去。至夜，宋家一门俱寝，有人越重垣入，杀御史父子三人，及一媳一婢。宋家具状告官。官大骇。宋执谓相如，于是遣役捕生，生遁不知所之，于是情益真。宋仆同官役诸处冥搜，夜至南山，闻儿啼，踪得之，系缧而行。儿啼愈嗔，群夺儿抛弃之，生冤愤欲绝。见邑令，问：『何杀人？』生曰：『冤哉！某以夜死，我以昼出，且抱呱呱者，何能逾垣杀人？』令曰：『不杀人，何逃乎？』生词穷，不能置辩。乃收诸狱。生泣曰：『我死无足惜，孤儿何罪？』令曰：『汝杀人子多矣，杀汝子何怨？』生既褫革，屡受梏惨，卒无词。令是夜方卧，闻有物击床，震震有声，大惧而号。举家惊起，集而烛之；一短刀铦利如霜，剁床入木者寸余，牢不可拔。令睹之，魂魄丧失。荷戈遍索，竟无踪迹。心窃馁，又以宋人死，无可畏惧，乃详诸宪，代生解免，竟释生。

生归，翁无升斗，孤影对四壁。幸邻人怜馈食饮，苟且自度。念大仇已报，则辗然喜；思惨酷之祸几于灭门，则泪潸潸堕；及思半生贫彻骨，宗支不续，则于无人处大哭失声，不复能自禁。如此半年，捕禁益懈。乃哀邑令，求判还卫氏之骨。及葬而归，悲怛欲死，辗转空床，竟无生路。忽有款门者，凝神寂听，闻一人在门外，哝哝与小儿语。生急起窥觇，似一女子。扉初启，便问：『大冤昭雪，可幸无恙！』其声稔熟，而仓卒不能追忆。烛之，则红玉也。挽一小儿，嬉笑跨下。生不暇问，抱女呜哭，女亦惨然。既而推儿曰：『汝忘尔父耶？』儿牵女衣，目灼灼视生。细审之，福儿也。大惊，泣问：『儿那得来？』女曰：『实告君，昔言邻女者，妄也，妾实狐。适宵行，见儿啼谷口，抱养于秦。闻大难既息，故携来与君团聚耳。』生挥涕拜谢，儿在女怀，如依其母，竟不复能识父矣。天未明，女即遽起，问之，答曰：『奴欲去。』生裸跪床头，涕不能仰。女笑曰：『妾诳君耳。今家道新创，非夙兴夜寐不可。』乃剪莽拥彗，类男子操作。生忧贫乏，不自给。女曰：『但请下帷读，勿问盈歉，或当不殍饿死。』遂出金治织具，租田数十亩，雇佣耕作。荷镵诛茅，牵萝补屋，日以为常。里党闻妇贤，益乐资助之。约半年，人烟腾茂，类素封家。生曰：『灰烬之余，卿白手再造矣。然一事未就安妥，如何？』诘之，答曰：『试期已迫，巾服尚未复也。』女笑曰：『妾前以四金寄广文，已复名在案。若待君言，误之已久。』生益神之。是科遂领乡荐。时年三十六，腴田连阡，夏屋渠渠矣。女袅娜如随风欲飘去，而操作过农家妇。虽严冬自苦，而手腻如脂。自言二十八岁，人视之，常若二十许人。

异史氏曰：其子贤，其父德，故其报之也侠。非特人侠，狐亦侠也。遇亦奇矣！然官宰悠悠，竖人毛发，刀震震入木，何惜不略移床上半尺许哉？使苏子美读之，必浮白曰：『惜乎击之不中！』王阮亭云：『程婴、杵臼，未尝闻诸巾帼，况狐耶！』

注释

①屡空：指经常处于贫穷的境地，衣食不足。《论语·先进》：『回也其庶乎，屡空。』空，匮乏。

②亲庭：指父亲的训诲。

鲁公女

招远张于旦，性疏狂不羁，读书萧寺[1]。时邑令鲁公，三韩[2]人，有女好猎。生适遇诸野，见其风姿娟秀，着锦貂裘，跨小骊驹，翩然若画。归忆容华，极意钦想；后闻女暴卒，悼叹欲绝。鲁以家远，寄灵寺中，即生读所。生敬礼如神明，朝必香，食必祭，每酹而祝曰：『睹卿半面，长系梦魂，不图玉人[3]，奄然物化。今近在咫尺，而邈若河山，恨如何也！然生有拘束，死无禁忌，九泉有灵，当姗姗而来，慰我倾慕。』日夜祝之几半月。一夕挑灯夜读，忽举首，则女子含笑立灯下，生惊起致问。女曰：『感君之情，不能自已，遂不避私奔之嫌。』生大喜，遂共欢好。自此无虚夜。谓生曰：『妾生好弓马，以射獐杀鹿为快，罪孽深重，死无归所。如诚心爱妾，烦代诵《金刚经》一藏数，生生世世不忘也。』生敬受教，每夜起，即柩前捻珠讽诵。偶值节序，欲与偕归，女忧足弱，不能跋履。生请抱负以行，女笑从之。如抱婴儿，殊不重累，遂以为常，考试亦载与俱，然行必以夜。生将赴秋闱，女曰：『君福薄，徒劳驰驱。』遂听其言而止。

积四五年，鲁罢官，贫不能榇，将就窆[4]之，苦无葬地。生乃自陈：『某有薄壤近寺，愿葬女公子。』鲁公喜。生又力为营葬。鲁德之而莫解其故。鲁去，二人绸缪如平日。一夜侧倚生怀，泪落如豆，曰：『五年之好，于今别矣！受君恩义，数世不足以酬！』生惊问之。曰：『蒙惠及泉下人，经咒藏满，今得生河北卢户部家。如不忘今日，过此十五年，八月十六日，烦一往会。』生泣下曰：『生三十余年矣，又十五年，将就木[5]焉，会将何为？』女亦泣曰：『愿为奴婢以报。』少间曰：『君送妾六七里，此去

多荆棘，妾衣长难度。」乃抱生项，生送至通衢，见路旁车马一簇，马上或一人，或二人；车上或三人、四人、十数人不等；独一钿车，绣缨朱幰，仅一老媪在焉。见女至，呼曰：「来乎？」女应曰：「来矣。」乃回顾生云：「尽此，且去！勿忘所言。」生诺。女行近车，媪引手上之，展即发，车马阗咽而去。

生怅怅而归，志时日于壁。因思经咒之效，持诵益虔。梦神人告曰：「汝志良嘉，但须要到南海去。」问：「南海多远？」曰：「近在方寸地。」醒而会其旨，念切菩提，修行倍洁。三年后，次子明、长子政，相继擢高科。生虽暴贵，而善行不替。夜梦青衣人邀去，见宫殿中坐一人如菩萨状，逆之曰：「子为善可喜，惜无修龄，幸得请于上帝矣。」生伏地稽首。唤起，赐坐；饮以茶，味芳如兰。又令童子引去，使浴于池。池水清洁，游鱼可数，入之而温，掬之有荷叶香。移时渐入深处，失足而陷，过涉灭顶。惊寤，异之。由此身益健，目益明。自捋其须，白者尽簌簌落；又久之，黑者亦落。面纹亦渐舒。至数月后，颔秃童面，宛如十五六时。辄兼好游戏事，亦犹童。过饰边幅，二子辄匡救[6]之。

未几，夫人以老病卒，子欲为求继室于朱门。生曰：「待吾至河北来而后娶。」屈指已及约期，遂命仆马至河北。访之，果有卢户部。先是，卢公生一女，生而能言，长益慧美，父母最钟爱之。贵家委禽，女辄不欲，怪问之，具述生前约。共计其年，大笑曰：「痴婢！张郎计今年已半百，人事变迁，其骨已朽。纵其尚在，发童而齿豁矣。」女不听。母见其志不摇，与卢公谋，戒阍人勿通客，过期以绝其望。未几生至，阍人拒之，退返旅舍，怅恨无所为计。闲游郊郭，因循而暗访之。女谓生负约，涕不食。母言：「渠不来，必已殂谢。即不然，背盟之罪，亦不在汝。」女不语，但终日卧。卢患之，亦思一见生之为人，乃托游遨[7]，遇生于野。视之，少年也，讶之。班荆略谈，甚倜傥。公喜，邀至其家。方将探问，卢即遽起，嘱客暂独坐，匆匆入内告女。女喜，自力起，窥审其状不符，零涕而返，怨父欺罔，公力白其是，女无言，但泣不止。公出，意绪懊丧，对客殊不款曲[8]。生问：『贵族有为户部者乎？』公漫应之。首他顾，似不属客。生觉其慢，辞出。女啼数日而卒。

生夜梦女来，曰：『下顾者果君耶？年貌舛异，觌面遂致违隔。妾已忧愤死。烦向土地祠速招我魂，可得活，迟则无及矣。』既醒，急探卢氏之门，果有女亡二日矣。生大恸，进而吊诸其室，已而以梦告卢。卢从其言，招魂而归，启其衾，抚其尸，呼而祝之，俄闻喉中咯咯有声。忽见朱樱乍启，坠痰块如冰，扶移榻上，渐复吟呻。卢公悦，肃客出，置酒宴会。细展官阀，知其巨家，益喜，择吉成礼。居半月携女而归，卢送至家，半年乃去。夫妇居室俨如小耦[9]，不知者多误以子妇为姑嫜者焉。卢公逾年卒。子最幼，为豪强所中伤，家产儿尽。生迎养之，遂家焉。

注释

①萧寺：寺庙的代称。唐李肇《国史补》：『梁武帝造寺，令萧子云飞白大书「萧寺」，至今一「萧」字存焉。』

②三韩：指辽东。汉时，朝鲜南部有马韩、辰韩、弁韩三个古国。后习称辽东为三韩。

③玉人：形容人容貌秀丽，晶莹如玉。

④就窆：就地埋葬。窆，将棺木葬入墓穴。

⑤就木：进棺材，老死。《左传·僖公二十三年》：『（重耳）将适齐，谓季隗曰：「待我二十五年，不来而后嫁。」对曰：「我二十五年矣，又如是而嫁，则就木焉！请待子。」』

⑥匡救：扶正挽救。《孝经》：『匡救其恶。』
⑦游遨：游玩散心。《诗·邶风·柏舟》：『微我无酒，以遨以游。』
⑧款曲：殷勤地应酬。《后汉书·光武帝纪》下：『文叔（刘秀字）少时谨信，与人不款曲。』
⑨小耦：少年夫妻。耦，配偶。

黄九郎

何师参，字子萧，斋于苕溪之东，门临旷野。薄暮偶出，见妇人跨驴来，少年从其后。妇约五十许，意致清越；转视少年，年可十五六，丰采过于姝丽。何生素有断袖之癖①，睹之，神出于舍，翘足目送，影灭方归。

次日早伺之，落日冥蒙，少年始过。生曲意承迎，笑问所来。答以『外祖家』。生请过斋少憩，辞以不暇，固曳之，乃入；略坐兴辞，坚不可挽。生挽手送之，殷嘱便道相过，少年唯唯而去。生由是凝思如渴，往来眺注，足无停趾。一日日衔半规，少年欻至，大喜要入，命馆童行酒。问其姓字，答曰：『黄姓，第九。童子无字。』问：『过往何频？』曰：『家慈在外祖家，常多病，故数省之。』酒数行，欲辞去；生捉臂遮留，下管钥。九郎无如何，赪颜复坐，挑灯共语，温若处子，而词涉游戏，便含羞面向壁。未几引与同衾，九郎不许，坚以睡恶为辞。强之再三，乃解上下衣，着裤卧床上。生灭烛，少时移与同枕，曲肘加髀而狎抱之，苦求私昵。九郎怒曰：『以君风雅士故与流连，乃此之为，是禽处而兽爱之也！』未几晨星荧荧，九郎径去。

生恐其遂绝，复伺之，蹀躞凝盼，目穿北斗。过数日九郎始至，喜逆谢过，强曳入斋，促坐笑语，窃幸其不念旧恶。无何，解屦登床，又抚哀之。九郎曰：『缠绵之意已镂肺膈，然亲爱何必在此？』生甘言纠缠，但求一亲玉肌，九郎从之。生俟其睡寐，潜就轻薄，九郎醒，揽衣遽起，乘夜遁去。生邑邑若有所失，忘啜废枕，日渐委悴，惟日使斋童逻侦焉。一日九郎过门即欲径去，童牵衣入之。见生清癯，大骇，慰问。生实告以情，泪涔涔随声零落。九郎细语曰：『区区之意，实以相爱无益于弟，而有害于兄，故不为也。君既乐之，仆何惜焉？』生大悦。九郎去后病顿减，数日平复。九郎果至，遂相缱绻。曰：『今勉承君意，幸勿以此为常。』既而曰：『欲有所求，肯为力乎？』问之，答曰：『母患心痛，惟太医齐野王先天丹可疗。君与善，当能求之。』生诺之，临去又嘱。生入城求药，及暮付之。九郎喜，上手[②]称谢。又强与合。九郎曰：『勿相纠缠。请为君图一佳人，胜弟万万矣。』生问『谁何。』九郎曰：『有表妹美无伦，倘能垂意，当执柯斧。』生微笑不答，九郎怀药便去。

三日乃来，复求药。生恨其迟，词多诮让。九郎曰：『本不忍祸君，故疏之。既不蒙见谅，请勿悔焉。』由是燕会无虚夕。凡三日必一乞药，齐怪其频，曰：『此药未有过三服者，胡久不瘥？』因裹三剂并授之。又顾生曰：『君神色黯然，病乎？』曰：『无。』脉之，惊曰：『君有鬼脉，病在少阴[③]，不自慎者殆矣！』归语九郎。九郎叹曰：『良医也！我实狐，久恐不为君福。』生疑其诳，藏其药不以尽予，虑其弗至也。居无何，果病。延齐诊视，曰：『曩不实言，今魂气已游墟莽，秦缓[④]何能为力？』九郎日来省侍，曰：『不听吾言，果至于此！』生寻死，九郎痛哭而去。

先是，邑有某太史，少与生共笔砚，十七岁擢翰林。时秦藩贪暴，而赂通朝士，无有言者。公抗疏劾其恶，以越俎免。藩升是省中丞，日伺公隙。公少有英称，曾邀叛王青盼，因购得旧所往来札胁公，公惧，自经；夫人亦投缳死。公越宿忽醒，曰：『我何子萧也。』诘之，所言皆何家事，方悟其借躯返魂。留之不可，出奔旧舍。抚疑其诈，必欲排陷之，使人索千金于公。公伪诺，而忧闷欲绝。

忽通九郎至，喜共话言，悲欢交集，既欲复狎，九郎曰：『君有三命耶？』公曰：『余悔生劳，不如死逸。』因诉冤苦，九郎悠忧以思，少间曰：『幸复生聚。君旷无偶，前言表妹慧丽多谋，必能分忧。』公欲一见颜色。曰：『不难。明日将取伴老母，此道所经，君伪为弟也兄者，我假渴而求饮焉，君曰「驴子亡」，则诺也。』计已而别。明日亭午，九郎果从女郎经门外过，公拱手絮絮与语，略睨女郎，娥眉秀曼，诚仙人也。九郎索茶，公请入饮。九郎曰：『三妹勿讶，此兄盟好，不妨少休止。』扶之而下，系驴于门而入。公自起瀹茗，因目九郎曰：『君前言不足以尽。今得死所矣！』女似悟其言之为己者，离榻起立，嘤喔而言曰：『去休！』公外顾曰：『驴子其亡！』九郎火急驰出。公拥女求合。女颜色紫变，窘若囚拘，大呼九兄，不应。曰：『君自有妇，何丧人廉耻也？』公自陈无室。女曰：『能矢山河，勿令秋扇见捐，则惟命是听。』公乃誓以皦日。女不复拒。事已，九郎至，女色然怒让之。九郎曰：『此何子萧，昔之名士，今之太史。与兄最善，其人可依。即闻诸妗氏，当不相见罪。』日向晚，公邀遮不听去，女恐姑母骇怪，九郎锐身自任，跨驴径去。居数日，有妇携婢过，年四十许，神情意致雅似三娘。公呼女出窥，果母也。瞥睹女，怪问：『何得在此？』女惭不能对。公邀入，拜而告之。母笑曰：『九郎雅气，胡再不谋？』女自入厨下，设食供母，食已乃去。公得丽偶颇快心期，而恶绪萦怀，恒蹙蹙有忧色。女问之，公缅述颠末。女笑曰：『此九兄一人可得解，君何忧？』公诘其故，女曰：『闻抚公溺声歌而比顽童[5]，此皆九兄所长也。投所好而献之，怨可消，仇亦可复。』公虑九郎不肯，女曰：『但请哀之。』越日公见九郎来，肘行而逆之，九郎惊曰：『两世之交，但可自效，顶踵所不敢惜，何忽作此态向人？』公具以谋告，九郎有难色。女曰：『妾失身于郎，谁实为之？脱令中途雕丧，焉置妾也？』九郎不得已，诺之。

公阴与谋，驰书与所善之王太史，而致九郎焉。王会其意，大设，招抚公饮。命九郎饰女郎，作天魔舞[6]，宛然美女。抚惑之，亟请于王，欲以重金购九郎，惟恐不得当。王故沉思以难之。迟之又久。始将公命以进。抚喜，前隙顿释。自得九郎，动息不相离，侍妾十余视同尘土。九郎饮食供具如王者，赐金万计。半年抚公病，九郎知其去冥路近也，遂辇金帛，假归公家。既而抚公薨，九郎出资，起屋置器，畜婢仆，母子及妗并家焉。九郎出，舆马甚都，人不知其狐也。余有『笑判』，并志之：男女居室，为夫妇之大伦；燥湿互通，乃阴阳之正窍。迎风待月，尚有荡检之讥；断袖分桃，难免掩鼻之丑。人必力士，鸟道乃敢生开；洞非桃源，渔篙宁许误入？今某从下流而忘返，舍正路而不由。云雨未兴，辄尔上下其手；阴阳反背，居然表里为奸。华池置无用之乡，谬说老僧入定；蛮洞乃不毛之地，遂使眇帅称戈。系赤兔于辕门，如将射戟；探大弓于国库，直欲斩关。或是监内黄腹，访知交于昨夜；分明王家朱李，索钻报于来生。彼黑松林戎马顿来，固相安矣；设黄龙鳣府潮水忽至，何以御之？宜断其钻刺之恨，兼塞其送迎之路。

注释

①断袖之癖：指宠爱男宠。《汉书·董贤传》：『（董贤）常与上卧起。尝昼寝，偏藉上袖，上欲起，

贤未觉，不欲动贤，乃断袖而起。』

②上手：拱手，表示致谢。

③少阴：人体经络名，即肾经。

④秦缓：春秋时秦国的著名医生，名缓，曾奉命为晋景公治病。

⑤顽童：娈童，旧时被当作女子供人玩弄的美男。

⑥天魔舞：元顺帝时的一种宫廷舞蹈，亦称『天子魔』。

连琐

杨于畏移居泗水之滨，斋临旷野，墙外多古墓，夜闻白杨萧萧，声如涛涌。夜阑秉烛，方复凄断，忽墙外有人吟曰：『玄夜凄风却倒吹，流萤惹草复沾帏。』反复吟诵，其声哀楚。听之，细婉似女子。疑之。明日视墙外并无人迹，惟有紫带一条遗荆棘中，拾归置诸窗上。向夜二更许，又吟如昨。杨移杌[1]登望，吟顿辍。悟其为鬼，然心向慕之。

次夜，伏伺墙头，一更向尽，有女子珊珊[2]自草中出，手扶小树，低首哀吟。杨微嗽，女忽入荒草而没。杨由是伺诸墙下，听其吟毕，乃隔壁而续之曰：『幽情苦绪何人见？翠袖单寒月上时。』久之寂然，杨乃入室。方坐，忽见丽者自外来，敛衽曰：『君子固风雅士，妾乃多所畏避。』杨喜，拉坐。瘦怯凝寒，若不胜衣，问：『何居里，久寄此间？』答曰：『妾陇西人，随父流寓。十七暴疾殂谢，今二十余年矣。九泉荒野，孤寂如鹜。所吟乃妾自作以寄幽恨者，思久不属，蒙君代续，欢生泉壤。』

杨欲与欢，蹙然曰：『夜台朽骨不比生人，如有幽欢，促人寿数，妾不忍祸君子也。』杨乃止。戏以手探胸，则鸡头之肉③，依然处子。又欲视其裙下双钩。女俯首笑曰：『狂生太罗唣矣！』杨把玩之，则见月色锦袜，约彩线一缕；更视其一，则紫带系之。问：『何不俱带？』曰：『昨宵畏君而避，不知遗落何所。』杨曰：『为卿易之。』遂即窗上取以授女。女惊问何来，因以实告。女乃去线束带。既翻案上书，忽见《连昌宫词》，慨然曰：『妾生时最爱读此。今视之殆如梦寐！』与谈诗文，慧黠可爱，剪烛西窗，如得良友。自此每夜但闻微吟，少顷即至。辄嘱曰：『君秘勿宣。妾少胆怯，恐有恶客见侵。』杨诺之。两人欢同鱼水，虽不至乱，而闺阁之中，诚有甚于画眉者。女每于灯下为杨写书，字态端媚。又自选宫词百首，录诵之。使杨治棋枰，购琵琶，每夜教杨手谈④。不则挑弄弦索，作『蕉窗零雨』之曲，酸人胸臆；杨不忍卒听，则为『晓苑莺声』之调，顿觉心怀畅适。挑灯作剧，乐辄忘晓，视窗上有曙色，则张皇遁去。

一日薛生造访，值杨昼寝。视其室，琵琶、棋枰俱在，知非所善。又翻书得宫词，见字迹端好，益疑之。杨醒，薛问：『戏具何来？』答：『欲学之。』又问诗卷，托以假诸友人。薛反复检玩，见最后一叶细字一行云：『某月日连琐书。』笑曰：『此是女郎小字，何相欺之甚？』杨大窘，不能置词。薛诘之益苦，杨不以告。薛卷挟，杨益窘，遂告之。薛求一见，杨因述所嘱。薛仰慕殷切，杨不得已，诺之。夜分女至，为致意焉。女怒曰：『所言伊何？乃已喋喋向人！』杨以实情自白，女曰：『与君缘尽矣！』杨百词慰解，终不欢，起而别去，曰：『妾暂避之。』明日薛来，杨代致其不可。薛疑支托，暮与窗友二人来，淹留不去，故挠之，恒终夜哗，大为杨生白眼，而无如何。众见数夜杳然，寝有去志，喧嚣渐息。忽闻吟声，共听之，凄婉欲绝。薛方倾耳神注，内一武生王某，掇巨石投之，大呼曰：『作态不见客，那甚得好句。呜呜恻恻，使人闷损！』吟顿止，众甚怨之，杨恚愤见于词色。次日始共引去。杨独宿空斋，冀女复来而殊无影迹。逾二日女忽至，泣曰：『君致恶宾，几吓煞妾！』杨谢过不遑，女遽出，曰：『妾固谓缘分尽也，从此别矣。』挽之已渺。由是月余，更不复至。杨思之，形销骨立，莫可追挽。一夕方独酌，忽女子搴帏入。杨喜极，曰：『卿见宥耶？』女涕垂膺，默不一言。亟问之，欲言复忍，曰：『负气去，又急而求人，难免愧恧。』杨再三研诘，乃曰：『不知何处来一龌龊隶，逼充媵妾。顾念清白裔，岂屈身舆台⑤之鬼？然一线弱质乌能抗拒？君如齿妾在琴瑟之数，必不听自为生活。』杨大怒，愤将致死，但虑人鬼殊途，不能为力。女曰：『来夜早眠，妾邀君梦中耳。』于是复共倾谈，坐以达曙。

女临去嘱勿昼眠，留待夜约。杨诺之，因于午后薄饮，乘醺登榻，蒙衣偃卧。忽见女来，授以佩刀，引手去。至一院宇，方阖门语，闻有人石挝门。女惊曰：『仇人至矣！』杨启户骤出，见一人赤帽青衣，猬毛绕喙。怒咄之。隶横目相仇，言词凶谩。杨大怒，奔之。隶捉石以投，骤如急雨，中杨腕，不能握刃。方危急间，遥见一人，腰矢野射。审视之，王生也。大号乞救。王生张弓急至，射之中股；再射之，殪。杨喜感谢，王问故，具告之。王自喜前罪可赎，遂与共入女室。女战惕羞缩，遥立不作一语。案上有小刀长仅尺余，而装以金玉，出诸匣，光芒鉴影。王叹赞不释手，与杨略话。见女惭惧可怜，乃出，分手去。杨亦自归，越墙而仆，于是惊寤，听村鸡已乱鸣矣。觉腕中痛甚；晓而视之，则皮肉赤肿。亭午王生来，便言夜梦之奇。杨曰：『未梦射否？』王怪其先知。杨出手示之，且告以故。王忆梦中颜色，恨不真见。自幸有功于女，复请先容。夜间，女来称谢。杨归功王生，遂达诚恳。女

曰：『将伯之助，义不敢忘，然彼赳赳，妾实畏之。』既而曰：『彼爱妾佩刀，刀实妾父出使粤中，百金购之。妾爱而有之，缠以金丝，瓣以明珠。大人怜妾夭亡，用以殉葬。今愿割爱相赠，见刀如见妾也。』次日杨致此意，王大悦。至夜女果携刀来，曰：『嘱伊珍重，此非中华物也。』由是往来如初。积数月，忽于灯下笑而向杨，似有所语，面红而止者三。生抱问之，答曰：『久蒙眷爱，妾受生人气，日食烟火，白骨顿有生意。但须生人精血，可以复活。』杨笑曰：『卿自不肯，岂我故惜之？』女云：『交接后，君必有念余日大病，然药之可愈。』遂与为欢。既而着衣起，又曰：『尚须生血一点，能拚痛以相爱乎？』杨取利刃刺臂出血，女卧榻上，便滴脐中。乃起曰：『妾不来矣。君记取百日之期，视妾坟前有青鸟⑥鸣于树头，即速发冢。』杨谨受教。出门又嘱曰：『慎记勿忘，迟速皆不可！』乃去。越十余日，杨果病，腹胀欲死。医师投药，下恶物如泥，浃辰⑦而愈。计至百日，使家人荷锸以待。日既夕，果见青鸟双鸣。杨喜曰：『可矣！』乃斩荆发圹，见棺木已朽，而女貌如生。摩之微温。蒙衣舁归置暖处，气咻咻然，细于属丝。渐进汤酏，半夜而苏。每谓杨曰：『二十余年如一梦耳。』

王阮亭曰：『结尽而不尽，甚妙。』

注释

①机：坐具，短凳。

②珊珊：形容女子缓步行进。

③鸡头之肉：喻指女子的乳头。鸡头，为芡实的别名。《开元天宝遗事》：『软温新剥鸡头肉。』

④手谈：下围棋。

⑤舆台：古代两个低微等级的名称。《左传·昭公七年》：『士臣皂，皂臣舆，舆臣隶，隶臣僚，僚臣仆，仆臣台。』

⑥青鸟：相传是西王母的使者，后代指信使。

⑦浃辰：十二天。我国古代以干支纪日，称自子至亥十二日为『浃辰』。浃，周匝。辰，日。

夜叉国

交州徐姓，泛海为贾，忽被大风吹去。开眼至一处，深山苍莽。冀有居人，遂缆船而登，负糗腊①焉。方入，见两崖皆洞口，密如蜂房，内隐有人声。至洞外伫足一窥，中有夜叉二，牙森列戟，目闪双灯，爪劈生鹿而食。惊散魂魄，急欲奔下，则夜叉已顾见之，辍食执入。二物相语，如鸟兽鸣，争裂徐衣，似欲啖啖。徐大惧，取橐中糗，并牛脯进之。分啖甚美。复翻徐橐，徐摇手以示其无，夜叉怒，又执之。徐哀之曰：『释我。我舟中有釜甑可烹饪。』夜叉不解其语，仍怒。徐再与手语，夜叉似微解。从至舟，取具入洞，束薪燃火，煮其残鹿，熟而献之。二物啖之喜。夜以巨石杜门，似恐徐遁，徐曲体遥卧，深惧不免。天明二物出，又杜之。少顷携一鹿来付徐，徐剥革，于深洞处取流水，汲煮数釜。俄有数夜叉至，群集吞啖讫，共指釜，似嫌其小。过三四日，一夜叉负一大釜来，似人所常用者。于是群夜叉各致狼麋。既熟，呼徐同啖。居数日，夜叉渐与徐熟，出亦不施禁锢，聚处如家人。徐渐能察声知意，辄效其音，为夜叉语。夜叉益悦，携一雌来妻徐。徐初畏惧莫敢伸，雌自开其股就徐，徐乃与交，雌大欢悦。每留肉饵徐，若琴瑟之好。

一日诸夜叉早起，项下各挂明珠一串，更番出门，若伺贵客状。命徐多煮肉，徐以问雌，雌云：『此天寿节[2]。』雌出谓众夜叉曰：『徐郎无骨突子[3]。』众各摘其五，并付雌。雌又自解十枚，共得五十之数，以野苎为绳，穿挂徐项。徐视之，一珠可直百十金。俄顷俱出。徐煮肉毕，雌来邀去，云：『接天王。』至一大洞广阔数亩，中有石滑平如几，四圈俱有石坐，上一坐蒙一豹革，余皆以鹿。夜叉二三十辈，列坐满中。少顷，大风扬尘，张皇都出。见一巨物来，亦类夜叉状，竟奔入洞，踞坐鹗顾。群随入，东西列立，悉仰其首，以双臂作十字交。大夜叉按头点视。问：『卧眉山众尽于此乎？』群哄应之。顾徐曰：『此何来？』雌以『婿』对，众又赞其烹调。即有二三夜叉，奔取熟肉陈几上，大夜叉掬啖尽饱，极赞嘉美，且责常供。又顾徐云：『骨突子何短？』众曰：『初来未备。』物于项上摘取珠串，脱十枚付之，俱大如指顶，圆如弹丸，雌急接代徐穿挂，徐亦交臂作夜叉语谢之。物乃去，蹑风而行，其疾如飞。众始享其余食而散。

居四年余，雌忽产，一胎而生二雄一雌，皆人形不类其母。众夜叉皆喜其子，辄共拊弄。一日皆出攫食，惟徐独坐，忽别洞来一雌欲与徐私，徐不肯。夜叉怒，扑徐踣地上。徐妻自外至，暴怒相搏，龁断其耳。少顷其雄亦归，解释令去。自此雌每守徐，动息不相离。又三年，子女俱能行步，徐辄教以人言，渐能语，啁啾之中有人气焉，虽童也，而奔山如履坦途，与徐依依有父子意。

一日雌与一子一女出，半日不归，而北风大作。徐恻然念故乡，携子至海岸，见故舟犹存，谋与同归。子欲告母，徐止之。父子登舟，一昼夜达交。至家妻已醮。出珠二枚，售金盈兆，家颇丰。子取名彪，十四五岁，能举百钧，粗莽好斗。交帅见而奇之，以为千总[4]。值边乱，所向有功，十八为副将。

时一商泛海，亦遭风，飘至卧眉，方登岸，见一少年，视之而惊。知为中国人，便问居里。商以告。少年曳入幽谷一小石洞，洞外皆丛棘，且嘱勿出。去移时，挟鹿肉来啖商。自言：『父亦交人。』商问之，而知为徐，商在客中尝识之。因曰：『我故人也。今其子为副将。』少年不解何名。商曰：『此中国之官名。』又问：『何以为官？』曰：『出则舆马，入则高堂，上一呼而下百诺，见者侧目视⑤，侧足立，此名为官。』少年甚歆动。商曰：『既尊君在交，何久淹此？』少年以情告。商劝南旋，曰：『余亦常作是念。但母非中国人，言貌殊异，且同类觉之必见残害，用是辗转。』乃出曰：『待北风起，我来送汝行。烦于父兄处，寄一耗问。』商伏洞中几半年。时自棘中外窥，见山中辄有夜叉往还，大惧，不敢少动。一日北风策策，少年忽至，引与急窜。嘱曰：『所言勿忘却。』商应之。又以肉置几上，商乃归。径抵交，达副总府，备述所见。彪闻而悲，欲往寻之。父虑海涛妖薮，险恶难犯，力阻之。彪抚膺痛哭，父不能止。乃告交帅，携两兵至海内。逆风阻舟，摆簸海中者半月。四望无涯，咫尺迷闷，无从辨其南北。忽而涌波接汉，乘舟倾覆，彪落海中，逐浪浮沉。久之被一物曳去，至一处竟有舍宇。彪视之，一物如夜叉状。彪乃作夜叉语，夜叉惊讯之，彪乃告以所往。夜叉喜曰：『卧眉我故里也，唐突可罪！君离故道已八千里。此去为毒龙国，向卧眉非路。』乃觅舟来送彪。夜叉在水中推行如矢，瞬息千里，过一宵已达北岸，见一少年临流瞻望。彪知山无人类，疑是弟，近之，果弟，因执手哭。既而问母及妹，并云健安。彪欲偕往，弟止之，仓忙便去。回谢夜叉，则已去。未几母妹俱至，见彪俱哭。彪告其意，母曰：『恐去为人所凌。』彪曰：『儿在中国甚荣贵，人不敢欺。』归计已决，苦逆风难度。母子方徊徨间，忽见布帆南动，其声瑟瑟。彪喜曰：『天助吾也！』相继登舟，波如箭激，三日抵岸，见者皆奔。彪向三人脱分袍裤。抵家，母夜叉见翁怒骂，恨其不谋，徐谢过不遑。家人拜见家主母，无不战栗。彪劝母学作华言，衣锦，厌粱肉，乃大欣慰。母女皆男儿装，类满制。数月稍辨语言，弟妹亦渐白皙。弟曰豹，妹曰夜儿，俱强有力。彪耻不知书，教弟读，豹最慧，经史一过辄了。又不欲操儒业，仍使挽强弩，驰怒马，登武进士第，聘阿游击女，夜儿以异种无与为婚。会标下[6]袁夺备失偶，强妻之。夜儿开百石弓，百余步射小鸟，无虚落。袁每征辄与妻俱，历任同知将军，奇勋半出于闺门。豹三十四岁挂印，母尝从之南征，每临巨敌，辄擐甲执锐为子接应，见者莫不辟易。诏封男爵。豹代母疏辞，封夫人。

异史氏曰：夜叉夫人，亦所罕闻，然细思之而不罕也。家家床头有个夜叉在。

注释

①糗腊：干粮和干肉。糗，用炒熟的米麦制成的细粉。腊，晒干的肉脯。

②天寿节：封建帝王的生日，此处指夜叉王的生日。

③骨突子：指夜叉们佩戴的珠串。骨突子，朝廷仪仗中的金瓜，与圆形的珍珠形状相似，所以夜叉们称之为骨突子。

④千总：明代武官名。

⑤侧目视：侧足站立，形容非常害怕不敢正视，也不敢对面站立。

⑥标下：即麾下。标，清代军制督抚等管辖的绿营兵。

连城

乔生，晋宁人，少负才名。年二十余，犹偃蹇，为人有肝胆。与顾生善，顾卒，时恤其妻子。邑宰以文相契重，宰终于任，家口淹滞不能归，生破产扶柩，往返二千余里。以故士林益重之，而家由此益替。

史孝廉有女字连城，工刺绣，知书，父娇爱之。出所刺《倦绣图》，征少年题咏，意在择婿。生献诗云：『慵鬟高髻绿婆娑，早向兰窗绣碧荷。刺到鸳鸯魂欲断，暗停针线蹙双蛾。』又赞挑绣之工云：『绣线挑来似写生，幅中花鸟自天成。当年织锦非长技，幸把回文感圣明。』女得诗喜，对父称赏，父贫之。女逢人辄称道，又遣媪娇父命，赠金以助灯火。生叹曰：『连城我知己也！』倾怀结想，如饥思啖。

无何，女许字于鹾贾之子王化成，生始绝望，然梦魂中犹佩戴之。未几女病瘵沉痼不起，有西域头陀自谓能疗，但须男子膺肉一钱，捣合药屑。史使人诣王家告婿，婿笑曰：『痴老翁，欲我剜心头肉也！』使返。史乃言于人曰：『有能割肉者妻之。』生闻而往，自出白刃，膺授僧。血濡袍裤，僧敷药始止。合药三丸，三日服尽，疾若失。史将践其言，先告王。王怒，欲讼官。史乃设筵招生，以千金列几上。曰：『重负大德，请以相报。』因具白背盟之由。生怫然曰：『仆所以不爱膺肉者，聊以报知己耳。岂货肉哉！』拂袖而归。女闻之，意良不忍，托媪慰谕之，且云：『以彼才华，当不久落。天下何患无佳人？我梦不详，三年必死，不必与人争此泉下物①也。』生告媪曰：『「士为知己者死」，不以色也。诚恐连城未必真知我，但得真知我，不谐何害？』媪代女郎矢诚自剖。生曰：『果尔，相

逢时当为我一笑，死无憾！』媪既去。逾数日生偶出，遇女自叔氏归，睨之，女秋波转顾，启齿嫣然。生大喜曰：『连城真知我者！』

会王氏来议吉期[2]，女前症又作，数月寻死。生往临吊[3]，一痛而绝。史异送其家。生自知已死，无所戚，出村去，犹冀一见连城。遥望南北一道，行人连绪如蚁，因亦混身杂迹其中。俄顷入一廨署，值顾生，惊问：『君何得来？』即把手将送令归。生太息言：『心事殊未了。』顾曰：『仆在此典牍，颇得委任，倘可效力，不惜也。』生问连城，顾即导生旋转多所，见连城与一白衣女郎，泪睫惨黛，藉坐廊隅。见生至，骤起似喜，略问所来。生曰：『卿死，仆何敢生！』连城泣曰：『如此负义人，尚不吐弃之，身殉何为？然已不能许君今生，愿矢来世耳。』生告顾曰：『有事君自去，仆乐死不愿生矣。但烦稽连城托生何里，行与俱去耳。』顾诺而去，白衣女郎问生何人，连城为缅述之，女郎闻之，若不胜悲。连城告生曰：『此妾同姓，小字宾娘，长沙史太守女。一路同来，遂相怜爱。』生视之，意态怜人。方欲研问，而顾已返，向生贺曰：『我为君平章已确，即教小娘子从君返魂，好否？』两人各喜。方将拜别，宾娘大哭曰：『姊去，我安归？乞垂怜救，妾为姊捧帨耳。』连城凄然，无所为计，转谋生。生又哀顾，顾难之，峻辞以为不可，生固强之。乃曰：『试妄为之。』去食顷而返，摇手曰：『何如！诚万分不能为力矣！』宾娘闻之，宛转娇啼，惟依连城肘下，恐其即去。惨怛无术，相对默默，而睹其愁颜戚容，使人肺腑酸柔。顾生愤然曰：『请携宾娘去，脱有愆尤，小生拚身受之！』宾娘乃喜从生出，生忧其道远无侣。宾娘曰：『妾从君去，不愿归也。』生曰：『卿大痴矣！不归，何以得活也？他日至湖南勿复走避，为幸多矣。』适有两媪摄牒赴长沙，生属宾娘，泣别而去。

途中，连城行蹇缓，里余辄一息，凡十余息始见里门。连城曰：『重生后，惧有反覆，请索妾骸骨来，妾以君家生，当无悔也。』生然之。偕归生家。女惕惕④若不能步，生伫待之。女曰：『妾至此，四肢摇摇，似无所主。志恐不遂，尚宜审谋，不然生后何能自由？』相将入侧厢中。默定少时，连城笑曰：『君憎妾耶？』生惊问其故。赧然曰：『恐事不谐，重负君矣。请先以鬼报也。』生喜，极尽欢恋。因徘徊不敢遽生，寄厢中者三日。连城曰：『谚有之：「丑妇终须见姑嫜。」戚戚于此，终非久计。』乃促生入，才至灵寝，豁然顿苏。家人惊异，进以汤水。生乃使人要史来，请得连城之尸，自言能活之。史喜，从其言。方舁入室，视之已醒。告父曰：『儿已委身乔郎矣，更无归理。如有变动，但仍一死！』史归，遣婢往役给奉。王闻，具词申理，官受赂，判归王。生愤懑欲死，亦无奈之。连城至王家，忿不饮食，惟乞速死，室无人，则带悬梁上。越日，益惫，殆将奄逝，王惧，送归史；史复舁归生。王知之亦无如何，遂安焉。连城起，每念宾娘，欲遣信探之，以道远而艰于往。一日家人进曰：『门有车马。』夫妇出视，则宾娘已至庭中矣。相见悲喜。太守亲诣送女，生延入。太守曰：『小女子赖君复生，誓不他适，今从其志。』生叩谢如礼。孝廉亦至，叙宗好焉。生名年，字大年。

注释

①泉下物：指死人。此处指自己活不了多长时间了。

②吉期：完婚的日期。

③临吊：哭吊。临，为死者哭。吊，慰问死者的亲戚。

④惕惕：忧愁恐惧的样子。

小二

滕邑赵旺夫妻奉佛，不茹荤血，乡中有『善人』之目。家称小有。一女小二绝慧美，赵珍爱之。年六岁，使与兄长春并从师读，凡五年而熟五经焉。同窗丁生字紫陌，长于女三岁，文采风流，颇相倾爱。私以意告母，求婚赵氏。赵期以女字大家，故弗许。

未几，赵惑于白莲教，徐鸿儒既反，一家俱陷为贼。小二知书善解，凡纸兵豆马之术一见辄精。小女子师事徐者六人，惟二称最，因得尽传其术。赵以女故，大得委任。时丁年十八，游滕泮矣，而不肯论婚，意不忘小二也，潜亡去投徐麾下。女见之喜，优礼逾于常格。女以徐高足主军务，昼夜出入，父母不得闲。

丁每宵见，尝斥绝诸役，辄至三漏。丁私告曰：『小生此来，卿知区区之意否？』女云：『不知。』丁曰：『我非妄意攀龙，所以故，实为卿耳。左道无济，止取灭亡。卿慧人不念此乎？能从我亡，则寸心诚不负矣。』女怃然为间，豁然梦觉，曰：『背亲而行不义，请告。』二人入陈利害，赵不悟，曰：『我师神人，岂有舛错？』

女知不可谏，乃易髫而髻①。出二纸鸢②，与丁各跨其一，鸢肃肃展翼，似鹣鹣③之鸟，比翼而飞。质明，抵莱芜界。女以指拈鸢项，忽即敛堕，遂收鸢。更以双卫，驰至山阴里，托为避乱者，僦屋而居。二人草草出，啬于装，薪储不给，丁甚忧之。假粟比舍，莫肯贷以升斗。女无愁容，但质簪珥。闭门静对，猜灯谜，忆亡书，以是角低昂，负者骈二指击腕臂焉。

西邻翁姓，绿林之雄也。一日猎归，女曰：『富以其邻，我何忧？暂假千金，其与我乎！』丁

以为难。女曰：『我将使彼乐输也。』乃剪纸作判官状置地下，覆以鸡笼。然后握丁登榻，煮藏酒，检《周礼》为觞政，任言是某册第几叶第几人，即共翻阅。其人得食旁、水旁、酉旁者饮，得酒部者倍之。既而女适得『酒人』，丁以巨觥引满促釂。女乃祝曰：『若借得金来，君当得饮部。』丁翻卷，得『鳖人』。女大笑曰：『事已谐矣！』滴漉授爵。丁不服。女曰：『君是水族，宜作鳖饮。』方喧竞所，闻笼中戛戛，女起曰：『至矣。』启笼验视，则布囊中有巨金累累充溢。丁不胜愕喜。后翁家媪抱儿来戏，窃言：『主人初归，篝灯夜坐。地忽暴裂，深不可底。一判官自内出，言：「我地府司隶也。太山帝君会诸冥曹，造暴客恶录，须银灯千架，架计重十两。施百架，则消灭罪愆。」主人骇惧，焚香叩祷，奉以千金。判官荏苒而入，地亦遂合。』夫妻听其言，故啧啧诧异之。而从此渐购牛马，蓄厮婢，自营宅第。里无赖子窥其富，纠诸不逞，逾垣劫丁。丁夫妇始自梦中醒，则编菅拃照，寇集满屋。二人执丁，又一人探手女怀。女袒而起，戟指而呵曰：『止，止！』盗十三人皆吐舌呆立，痴若木偶。女始着裤下榻，呼集家人，一一反接其臂，逼令供吐明悉。乃责之曰：『远方人埋头涧谷，冀得相扶持，何不仁至此！缓急人所时有，窘急者不妨明告，我岂积殖自封者哉？豺狼之行本合尽诛，但吾所不忍，姑释去，再犯不宥！』诸盗叩谢而去。居无何鸿儒就擒，赵夫妇妻子俱被夷诛。生赍金往赎长春之幼子以归。儿时三岁，养为己出，使从姓丁，名之承祧。于是里中人渐知为白莲教戚裔。适蝗害稼，女以纸鸢数百翼放田中，蝗远避，不入其陇，以是得无恙。里人共嫉之，群首于官，以为鸿儒余党。官啖其富，肉视之，收丁；丁以重赂啖令，始得免。女曰：『货殖之来也苟，固宜有散亡。然蛇蝎之乡不可久居。』因贱售其业而去之，止于益都之西鄙。女为人灵巧，善居积，经纪过于男子。尝开琉璃厂，每进工人而指点之。一切棋灯，其奇式幻采，诸肆莫能及，以故直昂得速售。居数年财益称雄。而女督课婢仆严，食指数百无冗口。暇辄与丁烹茗着棋，或观书史为乐。钱谷出入以及婢仆业，凡五日一课，妇自持筹，丁为之点籍唱名数焉。勤者赏赉有差，惰者鞭挞罚膝立。是日，给假不夜作，夫妻设肴酒，呼婢辈度俚曲为笑。女明察如神，人无敢欺。而赏辄浮于其劳，故事易办。村中二百余家，凡贫者俱量给资本，乡以此无游惰。值大旱，女令村人设坛于野，乘舆野出，禹步④作法，甘霖倾注，五里内悉获沾足。人益神之。女出未尝障面，村人皆见之，或少年群居，私议其美，及觌面⑤逢之，俱肃肃无敢仰视者。每秋日，村中童子不能耕作者，授以钱，使采茶蓟，几二十年，积满楼屋。人窃非笑之。会山左大饥，人相食。女乃出菜杂粟赡饥者，近村赖以全活，无逃亡焉。

异史氏曰：二所为殆天授，非人力也。然非一言之悟，骈死已久。由是观之，世抱非常之才，而误入匪僻以死者当亦不少，焉知同学六人中，遂无其人乎？使人恨不为丁生耳。

注释

①易髫而髻：指已经出嫁。髫，古时未成年男女披垂的头发。

②纸鸢：风筝的通称。鸢，鹞鹰。

③鹣鹣：比翼鸟。《尔雅·释地》：『南方有比翼鸟焉，不比不飞，其名谓之鹣鹣。』

④禹步：巫师、道士在祷神仪礼中常用的一种步法动作。传为夏禹所创，故称禹步。

⑤觌面：当面。

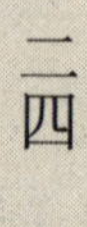

庚娘

金大用，中州旧家子也。聘尤太守女，字庚娘，丽而贤，逑好甚敦[①]。以流寇之乱，家人离逖，金携家南窜。途遇少年，亦偕妻以逃者，自言广陵王十八，愿为前驱。金喜，行止与俱。至河上，女隐告金曰：『勿与少年同舟，彼屡顾我，目动而色变，中叵测也。』金诺之。王殷勤觅巨舟，代金运装，劬劳[②]臻至，金不忍却。又念其携有少妇，应亦无他。妇与庚娘同居，意度亦颇温婉。王坐舡头上与橹人倾语，似甚熟识戚好。

未几日落，水程迢递，漫漫不辨南北。金四顾幽险，颇涉疑怪。顷之，皎月初升，见弥望皆芦苇。既泊，王邀金父子出户一豁，乃乘间挤金入水；金有老父，见之欲号，舟人以篙筑之，亦溺；生母闻声出窥，又筑溺之。王始喊救。母出时，庚娘在后，已微窥之。既闻一家尽溺，即亦不惊，但哭曰：『翁姑俱没，我安适归！』王入劝：『娘子勿忧，请从我至金陵，家中田庐颇足，保无虞[③]也。』女收涕曰：『得如此，愿亦足矣。』王大悦，给奉良殷。既暮，曳女求欢，女托体，王乃就妇宿。初更既尽，夫妇喧竞，不知何由。但闻妇曰：『若所为，雷霆恐碎汝颅矣！』王乃挞妇。妇呼云：『便死休！诚不愿为杀人贼妇！』王吼怒，捽妇出。便闻骨董一声，遂哗言妇溺矣。未几抵金陵，导庚娘至家，登堂见媪，媪讶非故妇。王言：『妇堕水死，新娶此耳。』归房，又欲犯。庚娘笑曰：『三十许男子，尚未经人道[④]耶？市儿初合卺亦须一杯薄浆酒，汝家沃饶，当即不难。清醒相对，是何体段[⑤]？』王喜，具酒对酌。庚娘执爵，劝酬殷恳。王渐醉，辞不饮。庚娘引巨碗，强媚劝之，王不忍拒，又饮之。于是酣醉，裸脱促寝。庚娘撤器灭烛，托言溲溺，出房，以刀入，暗中以手索王项，

王犹捉臂作昵声。庚娘力切之，不死，号而起；又挥之，始殪。媪仿佛有闻，趋问之，女亦杀之。王弟十九觉焉。庚娘知不免，急自刎，刀钝不可入，启户而奔，十九逐之，已投池中矣。呼告居人，救之已死，色丽如生。共验王尸，见窗上一函，开视，则女备述其冤状。群以为烈，谋敛资作殡。天明集视者数千人，见其容皆朝拜之。终日间得金百，于是葬诸南郊。好事者为之珠冠袍服，瘗藏[6]丰满焉。

初，金生之溺也，浮片板上，得不死。将晓至淮上，为小舟所救。舟盖富民尹翁，专设以拯溺者。金既苏，诣翁申谢。翁优厚之。留教其子。金以不知亲耗，将往探访，故不决。俄白：『捞得死叟及媪。』金疑是父母，奔验果然。翁代营棺木。生方哀恸，又白：『拯一溺妇，自言金生其夫。』生挥涕惊出，女子已至，殊非庚娘，乃十八妇也。向金大哭，请勿相弃。金曰：『我方寸已乱，何暇谋人？』妇益悲。尹审其故，喜为天报，劝金纳妇。金以居丧为辞，且将复仇，惧细弱作累。妇曰：『如君言，脱庚娘犹在，将以报仇居丧去之耶？』翁以其言善，请暂代收养，金乃许之。卜葬翁媪，妇缞绖哭泣，如丧翁姑。

既葬，金怀刃托钵，将赴广陵，妇止之曰：『妾唐氏，祖居金陵，与豺子同乡，前言广陵者诈也。且江湖水寇，半伊同党，仇不能复，只取祸耳。』金徘徊不知所谋。忽传女子诛仇事，洋溢河渠，姓名甚悉。金闻之一快，然益悲，辞妇曰：『幸不污辱。家有烈妇如此，何忍负心再娶？』妇以业有成说，不肯中离，愿自居于媵妾。会有副将军袁公，与尹有旧，适将西发，过尹，见生，大相知爱，请为记室。无何，流寇犯顺，袁有大勋，金以参机务，叙劳，授游击以归。夫妇始成合卺之礼。

居数日，携妇诣金陵，将以展庚娘之墓。暂过镇江，欲登金山。漾舟中流，欻一艇过，中有一妪

及少妇，怪少妇颇类庚娘。舟疾过，妇自窗中窥金，神情益肖。惊疑不敢追问，急呼曰：『看群鸭儿飞上天耶！』少妇闻之。亦呼云：『馋狗儿欲吃猫子腥耶！』盖当年闺中之隐谑也。金大惊，反棹近之，真庚娘。青衣扶过舟，相抱哀哭，伤感行旅。唐氏以嫡礼见庚娘。庚娘惊问，金始备述其由。庚娘执手曰：『同舟一话，心常不忘，不图吴越一家矣。蒙代葬翁姑，所当首谢，何以此礼相向？』乃以齿序，唐少庚娘一岁，妹之。

先是，庚娘既葬，自不知历几春秋。忽一人呼曰：『庚娘，汝夫不死，尚当重圆。』遂如梦醒。扪之四面皆壁，始悟身死已葬，只觉闷闷，亦无所苦。有恶少窥其葬具丰美，发冢破棺，方将搜括，见庚娘犹活，相共骇惧。庚娘恐其害己，哀之曰：『幸汝辈来，使我得睹天日。头上簪珥，悉将去，愿鬻我为尼，更可少得直。我亦不泄也。』盗稽首曰：『娘子贞烈，神人共钦。小人辈不过贫乏无计，作此不仁。但无漏言幸矣。何敢鬻作尼！』庚娘曰：『此我自乐之。』又一盗曰：『镇江耿夫人寡而无子，若见娘子必大喜。』庚娘谢之。自拔珠饰悉付盗，盗不敢受，固与之，乃共拜受。遂载去，至耿夫人家，托言舡风所迷。耿夫人，巨家，寡媪自度。见庚娘大喜，以为己出。适母子自金山归也，庚娘缅述其故。金乃登舟拜母，母款之若婿。邀至家，留数日始归。后往来不绝焉。

异史氏曰：大变当前，淫者生之，贞者死焉。生者裂人眦，死者雪人涕耳。至如谈笑不惊，手刃仇雠，千古烈丈夫中岂多匹俦⑦哉！谁谓女子，遂不可比踪彦云也？

注释

①逑好甚敦：夫妻感情甚笃。《诗·周南·关雎》：『窈窕淑女，君子好逑。』

②劬劳：辛劳，劳苦。

③无虞：不用担心。虞，忧虑。

④人道：指男女交合之事。

⑤体段：体统，规矩。

⑥瘗藏：指陪葬品。

⑦匹俦：匹敌。

宫梦弼

柳芳华保定人，财雄一乡，慷慨好客，座上常百人；急人之急，千金不靳①；宾友假贷常不还。惟一客宫梦弼，陕人，生平无所乞请，每至辄经岁，词旨清洒，柳与寝处时最多。柳子名和，时总角，叔之，宫亦喜与和戏。每和自塾归，辄与发贴地砖，埋石子伪作埋金为笑。屋五架，掘藏几遍。众笑其行稚，而和独悦爱之，尤较诸客昵。后十余年家渐虚，不能供多客之求，于是客渐稀，然十数人彻宵谈宴，犹是常也。年既暮，日益落，尚割亩得直以备鸡黍。和亦挥霍，学父结小友，柳不之禁。无何，柳病卒，至无以治凶具。宫乃自出囊金，为柳经纪。和益德之，事无大小，悉委宫叔。宫时自外入必袖瓦砾，至室则抛掷暗陬，更不解其何意。和每对宫忧贫，宫曰：『子不知作苦之难。无论无金；即授汝千金可立尽也。男子患不自立，何患贫？』一日辞欲归，和泣嘱速返，宫诺之，遂去。和贫不自给，典质渐空，日望宫至以为经理，而宫灭迹匿影去如黄鹤矣。

先是，柳生时，为和论亲于无极黄氏，素封也，后闻柳贫，阴有悔心。柳卒讣告之，即亦不吊，犹以道远曲原之。和服除②，母遣自诣岳所定婚期，冀黄怜顾。比至，黄闻其衣履敝穿，斥门者不纳。寄语云：『归谋百金可复来，不然，请自此绝。』和闻言痛哭。对门刘媪，怜而进之食，赠钱三百，慰令归。母亦哀愤无策，因念旧客负欠者十常八九，俾择富贵者求助焉。和曰：『昔之交我者为我财耳，使儿驷马高车，假千金亦即匪难。如此景象，谁犹念曩恩，忆故好耶？且父与人金资，曾无契保，责负亦难凭也。』母固强之，和从教，凡二十余日不能致一文。惟优人李四旧受恩恤，闻其事，义赠一金。母子痛哭，自此绝望矣。

黄女年已及笄，闻父绝和，窃不直之。黄欲女别适，女泣曰：『柳郎非生而贫者也。使富倍他日，岂仇我者所能夺乎？今贫而弃之，不仁！』黄不悦，曲谕百端，女终不摇。翁妪并怒，旦夕唾骂之，女亦安焉。无何，夜遭寇劫，黄夫妇炮烙几死，家中席卷一空。荏苒三载，家益零替。有西贾闻女美，愿以五十金致聘。黄利而许之，将强夺其志。女察知其谋，毁装涂面，乘夜遁去，丐食于途。阅两月始达保定，访和居址，直造其家。母以为乞人妇，故咄之，女呜咽自陈，母把手泣曰：『儿何形骸至此耶！』女又惨然而告以故，母子俱哭。便为盥沐，颜色光泽，眉目焕映，母子俱喜。然家三口，日仅一啖，母泣曰：『吾母子固应尔，所怜者，负吾贤妇！』女笑慰之曰：『新妇在乞人中，稔其况味，今日视之，觉有天堂地狱之别。』母为解颐。

女一日入闲舍中，见断草丛丛无隙地，渐入内室，尘埃积中，暗陬有物堆积，蹴之迕足，拾视皆朱提。惊走告和，和同往验视，则宫往日所抛瓦砾，尽为白金。因念儿时，常与瘗石室中，得毋皆金？

而故地已典于东家，急赎归。断砖残缺，所藏石子俨然露焉，颇觉失望，及发他砖，则灿灿皆白镪也。顷刻间数巨万矣。由是赎田产，市奴仆，门庭华好过昔日。因自奋曰：『若不自立，负我宫叔！』刻志下帷，三年中乡选。

乃躬赍白金，往酬刘媪。鲜衣射目，仆十余辈皆骑怒马如龙。媪仅一屋，和便坐榻上。人哗马腾，充溢里巷。黄翁自女失亡，西贾逼退聘财，业已耗去殆半，售居宅始得偿，以故困窘如和曩日。闻旧婿烜耀，闭户自伤而已。媪沽酒备馔款和，因述女贤，且惜女遁。问和：『娶否？』和曰：『娶矣。』食已，强媪往视新妇，载与俱归。至家，女华妆出，群婢簇拥若仙。相见大骇，遂叙往旧，殷问父母起居。居数日，款洽优厚，制好衣，上下一新，始送令返。

媪诣黄许报女耗，兼致存问，夫妇大惊。媪劝往投女，黄有难色。既而冻馁难堪，不得已如保定。既到门，见芢闳峻丽，阍人怒目张，终日不得通，一妇人出，黄温色卑词，告以姓氏，求暗达女知。少间妇出，导入耳舍，曰：『娘子极欲一觐，然恐郎君知，尚候隙也。翁几时来此？得毋饥否？』黄因诉所苦。妇人以酒一盛、馔二簋，出置黄前；又赠五金，曰：『郎君宴房中，娘子恐不得来。明旦宜早去，勿为郎闻。』黄诺之。早起趣装，则管钥未启，止于门中，坐袱囊以待。忽哗主人出，黄将敛避，和已睹之，怪问谁何，家人悉无以应。和怒曰：『是必奸宄！可执赴有司。』众应声出，短绠绷系树间，黄惭惧不知置词。未几昨夕妇出，跪曰：『是某舅氏。以前夕来晚，故未告主人。』和命释缚。妇送出门，曰：『忘嘱门者，遂致参差。娘子言：相思时可使老夫人伪为卖花者，同刘媪来。』黄诺，归述于妪。妪念女若渴，以告刘媪，媪果与俱至和家，凡启十余关，始达女所。女着帔顶髻，珠翠绮纨，散香气扑人。嘤咛一声，大小婢媪奔入满侧，移金椅床，置双夹膝。慧婢瀹茗，各以隐语道寒暄，相视泪荧。至晚除室安二媪，褥温软，并昔年富时所未经。居三五日，女意殷渥。媪辄引空处，泣白前非。女曰：『我子母有何过不忘？但郎忿不解，防他闻也。』每和至，便走匿。一日方促膝，和遽入，见之，怒诟曰：『何物村妪，敢引身与娘子接坐！宜撮鬓毛令尽！』刘媪急进曰：『此老身瓜葛，王嫂卖花者，幸勿罪责。』和乃上手谢过。即坐曰：『姥来数日，我大忙，未得展叙。黄家老畜产尚在否？』笑云：『都佳，但是贫不可过。官人大富贵，何不一念翁婿情也？』和击桌曰：『曩年非姥怜赐一瓯粥，更何得旋乡土！今欲得而寝处之，何念焉！』言致忿际，辄顿足起骂。女恚曰：『彼即不仁，是我父母，我迢迢远来，手皴瘃，足趾皆穿，亦自谓无负郎君。何乃对子骂父，使人难堪？』和始敛怒，起身去。黄妪愧丧无色，辞欲归，女以二十金私付之。

既归，旷绝音问，女深以为念。和乃遣人招之，夫妻至，惭怍无以自容。和谢曰：『旧岁辱临，又不明告，遂是开罪良多。』黄但唯唯。和为更易衣履。留月余，黄心终不自安，数告归。和遗白金百两，曰：『西贾五十金，我今倍之。』黄汗颜受之。和以舆马送还，暮岁称小丰焉。

异史氏曰：雍门泣后，朱履杳然，令人愤气杜门，不欲复交一客。然良朋葬骨，化石成金，不可谓非慷慨好客之报也。闺中人坐享高奉，俨然如嫔嫱③，非贞异如黄卿，孰克当此而无愧者乎？造物之不妄降福泽也如是。

乡有富者，居积取盈，搜算入骨。窖镪数百，惟恐人知，故衣败絮。啖糠秕以示贫。亲友偶来，亦曾无作鸡黍之事。或言其家不贫，便瞋目作怒，其仇如不共戴天。暮年，日餐榆屑一升，臂上皮摺

垂一寸长，而所窖终不肯发。后渐尪羸。濒死，两子环问之，犹未遽告；迨觉果危急，欲告子，子至，已舌蹇不能声，惟爬抓心头，呵呵而已。死后，子孙不能具棺木，遂藁葬焉。呜呼！若窖金而以为富，则大帑数千万，何不可指为我有哉？愚已！

注释

①靳：吝惜，爱惜。

②服除：服丧期满后脱去丧服，亦称『除服』、『满服』。

③嫔嫱：指嫔和嫱，古代宫廷中的女官。

狐妾

莱芜刘洞九官汾州，独坐署中，闻亭外笑语渐近，入室则四女子：一四十许，一可三十，一二十四五已来，末后一垂髫者，并立几前，相视而笑。刘固知官署多狐，置不顾。少间，垂髫者出一红巾戏抛面上，刘拾掷窗间，仍不顾。四女一笑而去。

一日年长者来，谓刘曰：『舍妹与君有缘，愿无弃葑菲。』刘漫应之，女遂去。俄偕一婢拥垂髫儿来，俾与刘并肩坐。曰：『一对好凤侣，今夜谐花烛。勉事刘郎，我去矣。』刘谛视，光艳无俦，遂与燕好。诘其行迹，女曰：『妾固非人，而实人也。妾前官之女，蛊①于狐，奄忽以死，窆②园内，众狐以术生我，遂飘然若狐。』刘因以手探尻际，女觉之笑曰：『君将无谓狐有尾耶？』转身云：『请试扪之。』自此，遂留不去，每行坐与小婢俱，家人俱尊以小君礼。婢媪参谒，赏赉甚丰。

值刘寿辰，宾客烦多，共三十余筵，须庖人甚众；先期牒拘仅一二到者。刘不胜恚。女知之，便言：『勿忧。庖人既不足用，不如并其来者遣之。妾固短于才，然三十席亦不难办。』刘喜，命以鱼肉姜椒悉移内署。家中人但闻刀砧声繁不绝。门内设以几，行炙者置柈其上，转视则肴俎已满。托去复来，十余人络绎于道，取之不绝。末后，行炙人来索汤饼。内言曰：『主人未尝预嘱，咄嗟何以办？』既而曰：『无已，其假之。』少顷呼取汤饼，视之三十余碗，蒸腾几上。客既去，乃谓刘曰：『可出金资，偿某家汤饼。』刘使人将直去。则其家失汤饼，方共惊疑，使至疑始解。一夕夜酌，偶思山东苦醁，女请取之。遂出门去，移时返曰：『门外一罂[3]可供数日饮。』刘视之，果得酒，真家中瓮头春也。

越数日，夫人遣二仆如汾。途中一仆曰：『闻狐夫人犒赏优厚，此去得赏金，可买一裘。』女在署已知之，向刘曰：『家中人将至。可恨伧奴[4]无礼，必报之。』仆甫入城，头大痛，至署，抱首号呼，共拟进医药。刘笑曰：『勿须疗，时至当自瘥。』众疑其获罪小君。仆自思：初来未解装，罪何由得？无所告诉，漫膝行而哀之。帘中语曰：『尔谓夫人则已耳，何谓狐也？』仆乃悟，叩不已。又曰：『既欲得裘，何得复无礼？』已而曰：『汝愈矣。』言已，仆病若失。仆拜欲出，忽自帘中掷一裹出，曰：『此一羔羊裘也，可将去。』仆解视，得五金。刘问家中消息，仆言都无事，惟夜失藏酒一罂，稽其时日，即取酒夜也。群惮其神，呼之『圣仙』，刘为绘小像。

时张道一为提学使，闻其异，以桑梓谊诣刘，欲乞一面，女拒之。刘示以像，张强携而去。归悬座右，朝夕祝之云：『以卿丽质，何之不可？乃托身于鬖鬖之老！下官殊不恶于洞九，何不一惠顾？』女在署，忽谓刘曰：『张公无礼，当小惩之。』一日张方祝，似有人以界方击额，崩然甚痛。

大惧，反卷。刘诘之，使隐其故而诡对。刘笑，曰：『主人额上得毋痛否？』使不能欺，以实告。

无何婿亓生来，请觐之，女固辞之，亓请之坚。刘曰：『婿非他人，何拒之深？』女曰：『婿相见，必当有以赠之。渠望我奢，自度不能满其志，故适不欲见耳。』既固请之，乃许以十日见。及期亓入，隔帘揖之，少致存问。仪容隐约，不敢审谛。即退，数步之外辄回眸注盼。但闻女言曰：『阿婿回首矣！』言已大笑，烈烈如玠鸣。亓闻之，胫股皆软，摇摇然如丧魂魄。既出，坐移时始稍定。乃曰：『适闻笑声，如听霹雳，竟不觉身为己有。』少顷，婢以女命，赠亓二十金。亓受之，谓婢曰：『圣仙日与丈人居，宁不知我素性挥霍，不惯使小钱耶？』女闻之曰：『我固知其然。囊底适罄；向结伴至汴梁，其城为河伯[5]占据，库藏皆没水中，入水各得些须，何能饱无餍之求？且我纵能厚馈，彼福薄亦不能任。』

女凡事能先知，遇有疑难与议，无不剖。一日并坐，忽仰天大惊曰：『大劫将至，为之奈何！』刘惊问家口，曰：『余悉无恙，独二公子可虑。此处不久将为战场，君当求差远去，庶免于难。』刘从之，乞于上官，得解饷云贵间。道里辽远，闻者吊之，而女独贺。无何，姜叛，汾州没为贼窟。刘仲子自山东来，适遭其变，遂被其害。城陷，官僚皆罹于难，惟刘以公出得免。

盗平，刘始归。寻以大案挂误，贫至饔飧不给，而当道者又多所需索，因而窘忧欲死。女曰：『勿忧，床下三千金，可资用度。』刘大喜，问：『窃之何处？』曰：『天下无主之物取之不尽，何庸窃乎！』刘借谋得脱归，女从之。后数年忽去，纸裹数事留赠，中有丧家挂门之小幡，长二寸许，群以为不祥。刘寻卒。

注释

①蛊：原指传说中的一种毒虫，此处指迷惑。

②窆：埋葬。

③罂：一种小口大腹的酒坛。

④伧奴：下贱的奴才。伧，鄙贱，低贱。

⑤河伯：传说中的黄河神。

赌符

韩道士居邑中之天齐庙[1]，多幻术，共名之『仙』。先子[2]与最善，每适城，辄造之。一日与先叔赴邑，拟访韩，适遇诸途。韩付钥曰：『请先往启门坐，少旋我即至。』乃如其言。诣庙发扃，则韩已坐室中。诸如此类。

先是有敝族人嗜博赌，因先子亦识韩。值大佛寺来一僧，专事樗蒱，赌甚豪。族人见而悦之，罄资往赌，大亏。心益热，典质田产复往，终夜尽丧。邑邑不得志，便道诣韩，精神惨淡，言语失次。韩问之，具以实告。韩笑曰：『常赌无不输之理。倘能戒赌，我为汝覆之。』族人曰：『倘得珠还合浦，花骨头当铁杵碎之！』韩乃以纸书符，授佩衣带间。嘱曰：『但得故物即已，勿得陇复望蜀也。』又付千钱约赢而偿之。族人大喜而往。僧验其资，易之，不屑与赌。族人强之，请一掷为期，僧笑而从之。乃以千钱为孤注，僧掷之无所胜负，族人接色，一掷成采。僧复以两千为注。又败。僧渐增至十余千，

明明枭色，呵之皆成卢雉，计前所输，顷刻尽覆。阴念再赢数千为更佳，乃复博，则色渐劣。心怪之，起视带上则符已亡矣，大惊而罢。载钱归庙，除偿韩外，追而计之，并末后所失，适符原数也。已乃愧谢失符之罪，韩笑曰：『已在此矣。固嘱勿贪，而君不听，故取之。』

异史氏曰：天下之倾家者莫速于博，天下之败德者亦莫甚于博。入其中者如沉迷海，将不知所底矣。夫商农之人，俱有本业；诗书之士，尤惜分阴。负耒横经，固成家之正路；清谈薄饮，犹寄兴之生涯。尔乃狎比淫朋，缠绵永夜。倾囊倒箧，悬金于崄巇之天；呼雉呵卢，乞灵于淫昏之骨，盘施五木，似走圆珠；手握多章，如擎团扇。左觑人而右顾己，望穿鬼子之睛；阳示弱而阴用强，费尽魍魉之技。门前宾客待，犹恋恋于场头；舍上火烟生，尚眈眈于盆里。忘餐废寝，则久入成迷；舌敝唇焦，则相看似鬼。迨夫全军尽没，热眼空窥。视局中则叫号浓焉，技痒英雄之臆；顾囊底而贯索空矣，灰寒壮士之心。引颈徘徊，觉白手之无济；垂头萧索，始玄夜以方归。幸交谪之人眠，恐惊犬吠；苦久虚之腹饿，敢怨羹残。既而鬻子质田，冀珠还于合浦；不意火灼毛尽，终捞月于沧江。及遭败后我方思，已作下流之物；试问赌中谁最善，群指无裤之公。甚而枵腹难堪，遂栖身于暴客；搔头莫度，至仰给于香奁。呜呼！败德丧行，倾财亡身，孰非博之一途致之哉！

注释

①天齐庙：唐玄宗曾封泰山神为天齐王，后供奉泰山神的庙宇就成为天齐庙。

②先子：先父。

阿霞

文登景星者少有重名，与陈生比邻而居，斋隔一短垣。一日陈暮过荒落之墟，闻女子啼松柏间，近临则树横枝有悬带，若将自经。陈诘之，挥涕而对曰：『母远出，托妾于外兄①。不图狼子野心，畜我不卒。伶仃如此不如死！』言已复泣。陈解带，劝令适人，女虑无可托者。陈请暂寄其家，女从之。既归，挑灯审视，丰韵殊绝，大悦，欲乱之，女厉声抗拒，纷纭之声达于间壁。景生逾垣来窥，陈乃释女。女见景生，凝目停睇，久乃奔去。二人共逐之，不知去向。

景归，阖户欲寝，则女子盈盈②自房中出。惊问之，答曰：『彼德薄福浅，不可终托。』景大喜，诘其姓氏。曰：『妾祖居于齐，以齐为姓，小字阿霞。』入以游词，笑不甚拒，遂与寝处，斋中多友人来往，女恒隐闭深房。过数日，曰：『妾姑去，此处烦杂困人甚。继今，请以夜卜。』问：『家何所？』曰：『正不远耳。』遂早去，夜果复来，欢爱綦笃。又数日谓景曰：『我两人情好虽佳，终属苟合。家君宦游西疆，明日将从母去，容即乘间禀命，而相从以终焉。』问：『几日别？』约以旬终。既去，景思斋居不可常，移诸内又虑妻妒，计不如出妻。志既决，妻至辄诟厉，妻不堪其辱，涕欲死。景曰：『死恐见累，请早归。』遂促妻行。妻啼曰：『从子十年未尝失德，何决绝如此！』景不听，逐愈急，妻乃出门去。自是垩壁清尘，引领翘待，不意信杳青鸾，如石沉海。妻大归后，数浼知交请复于景，景不纳，遂适夏侯氏。夏侯里居，与景接壤，以田畔之故世有隙。景闻之，益大恚恨。然犹冀阿霞复来，差足自慰。

越年余并无踪绪。会海神寿，祠内外士女云集，景亦在。遥见一女甚似阿霞，景近之，入于人中；从之，出于门外；又从之，飘然竟去，景追之不及，恨悒而返。后半载适行于途，见一女郎着朱衣，从苍头，

鞚黑卫来，望之，霞也。因问从人：『娘子为谁？』答言：『南村郑公子继室。』又问：『娶几时矣？』曰：『半月耳。』景思得毋误耶？女郎闻语，回眸一睇，景视，真阿霞也。见其已适他姓，愤填胸臆，大呼：『霞娘！何忘旧约？』从人闻呼主妇，欲奋老拳。女急止之，启幛纱谓景曰：『负心人何颜相见？』景曰：『卿自负仆，仆何尝负卿？』女曰：『负夫人甚于负我！结发者如是而况其他？向以祖德厚，名列桂籍，故委身相从。今以弃妻故，冥中削尔禄秩，今科亚魁王昌即替汝名者也。我已归郑姓，无劳复念。』景俯首帖耳，口不能道一词。视女子策蹇去如飞，怅恨而已。

是科景落第，亚魁果王氏昌名，景以是得薄幸名。四十无偶，家益替，恒趁食于亲友家。偶诣郑，郑款之，留宿焉。女窥客，见而怜之，问郑曰：『堂上客非景庆云耶？』问所自识，曰：『未适君时，曾避难其家，亦深得其豢养。彼行虽贱而祖德未斩，且与君为故人，亦宜有绨袍之义。』郑然之，易其败絮，留以数日。夜分欲寝，有婢持金二十余两赠景。女在窗外言曰：『此私贮，聊酬夙好，可将去，觅一良匹。幸祖德厚，尚足及子孙；无复丧检，以促余龄。』景感谢之。既归，以十余金买缙绅家婢，甚丑悍。举一子，后登两榜。郑官至吏部郎。既没，女送葬归，启舆则虚无人矣，始知其非人也。噫！人之无良，舍其旧而新是谋，卒之卵覆而鸟亦飞，天之所报亦惨矣！

注释

①外兄：表哥。

②盈盈：形容举止美好的样子。《文选·古诗十九首》：『盈盈楼上女，皎皎当户牖。』

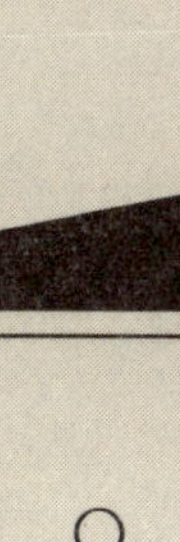

翩翩

罗子浮，邠人，父母俱早世，八九岁依叔大业。业为国子左厢，富有金缯而无子，爱罗若己出。十四岁为匪人诱去，作狭邪游，会有金陵娼侨寓郡中，生悦而惑之。娼返金陵，生窃从遁去。居娼家半年，床头金尽，大为姊妹行齿冷，然犹未遽绝之。无何，广疮溃臭，沾染床席，逐而出。丐于市，市人见辄遥避。自恐死异域，乞食西行，日三四十里，渐至邠界。又念败絮脓秽，无颜入里门，尚趑趄近邑间。日就暮，欲趋山寺宿，遇一女子，容貌若仙，近问：『何适？』生以实告。女曰：『我出家人，居有山洞，可以下榻，颇不畏虎狼。』生喜从去。入深山中，见一洞府①，入则门横溪水，石梁驾之。又数武，有石室二，光明彻照，无须灯烛。命生解悬鹑②，浴于溪流，曰：『濯之，疮当愈。』又开幛拂褥促寝，曰：『请即眠，当为郎作裤。』乃取大叶类芭蕉，剪缀作衣，生卧视之。制无几时，折迭床头，曰：『晓取着之。』乃与对榻寝。生浴后，觉疮疡无苦，既醒摸之，则痂厚结矣。诘旦将兴，心疑蕉叶不可着，取而审视，则绿锦滑绝。少间具餐，女取山叶呼作饼，食之果饼；又剪作鸡、鱼烹之，皆如真者。室隅一罂贮佳酝，辄复取饮，少减，则以溪水灌益之。数日疮痂尽脱，就女求宿。女曰：『轻薄儿！甫能安身，便生妄想！』生云：『聊以报德。』遂同卧处，大相欢爱。

一日有少妇笑入曰：『翩翩小鬼头快活死！薛姑子好梦几时做得？』女迎笑曰：『花城娘子，贵趾久弗涉，今日西南风紧，吹送来也！小哥子抱得未？』曰：『又一小婢子。』女笑曰：『花娘子瓦窖③哉！那弗将来？』曰：『方呜之，睡却矣。』于是坐以款饮。又顾生曰：『小郎君焚好香也。』生视之，年二十有三四，绰有余妍，心好之。剥果误落案下，俯地假拾果，阴捻翘凤。花城他顾而笑，若不知

者。生方恍然神夺，顿觉袍裤无温，自顾所服悉成秋叶，几骇绝。危坐移时，渐变如故。窃幸二女之弗见也。少顷酬酢间，又以指搔纤掌。花城坦然笑谑，殊不觉知。突突怔忡间，衣已化叶，移时始复变。由是惭颜息虑，不敢妄想。花城笑曰：『而家小郎子，大不端好！若弗是醋葫芦娘子，恐跳迹入云霄去。』女亦哂曰：『薄幸儿，便值得寒冻杀！』相与鼓掌。花城离席曰：『小婢醒，恐啼肠断矣。』女亦起曰：『贪引他家男儿，不忆得小江城啼绝矣。』花城既去，惧贻诮责，女卒晤对如平时。居无何，秋老风寒，霜零木脱，女乃收落叶，蓄旨御冬。顾生肃缩，乃持袱掇拾洞口白云为絮复衣，着之温暖如襦，且轻松常如新绵。

逾年生一子，极惠美，日在洞中弄儿为乐。然每念故里，乞与同归。女曰：『妾不能从。不然，君自去。』因循二三年，儿渐长，遂与花城订为姻好。生每以叔老为念。女曰：『阿叔腊故大高，幸复强健，无劳悬耿。待保儿婚后，去住由君。』女在洞中，辄取叶写书，教儿读，儿过目即了。女曰：『此儿福相，放教入尘寰④，无忧至台阁。』未几儿年十四，花城亲诣送女，女华妆至，容光照人。夫妻大悦。举家宴集。翩翩扣钗而歌曰：『我有佳儿，不羡贵官。我有佳妇，不羡绮纨。今夕聚首，皆当喜欢。为君行酒，劝君加餐。』既而花城去，与儿夫妇对室居。新妇孝，依依膝下，宛如所生。生又言归，女曰：『子有俗骨，终非仙品。儿亦富贵中人可携去，我不误儿生平。』新妇思别其母，花城已至。儿女恋恋，涕各满眶。两母慰之曰：『暂去，可复来。』翩翩乃剪叶为驴，令三人跨之以归。

大业已归老林下，意侄已死，忽携佳孙美妇归，喜如获宝。入门，各视所衣悉蕉叶，破之，絮蒸蒸腾去，乃并易之。后生思翩翩，偕儿往探之，则黄叶满径，洞口路迷，零涕而返。

异史氏曰：翩翩、花城，殆仙者耶？餐叶衣云何其怪也！然帏幄诽谑，狎寝生雏，亦复何殊于人世？山中十五载，虽无『人民城郭』之异，而云迷洞口，无迹可寻，睹其景况，真刘、阮返棹时矣。

注释

①洞府：神话传说中的神仙常住在山洞里，故称仙人或修道者的住所为洞府。

②悬鹑：指破烂不堪的衣服。

③瓦窑：原指烧制砖瓦的窑，后用来戏称多生或只生女孩的女子。《诗·小雅·斯干》：『乃生男子，载弄之璋。乃生女子，载弄之瓦。』

④尘寰：人世间。

公孙九娘

于七一案[1]，连坐[2]被诛者，栖霞、莱阳两县最多。一日俘数百人，尽戮于演武场中，碧血[3]满地，白骨撑天。上官慈悲，捐给棺木。济城工肆，材木一空。以故伏刑东鬼，多葬南郊。甲寅间，有莱阳生至稷下，有亲友二三人亦在诛数，因市楮帛，酹奠榛墟，就税舍于下院之僧。明日，入城营干，日暮未归。忽一少年，造室来访。见生不在，脱帽登床，着履仰卧。仆人问其谁，合眸不对。既而生归，则暮色朦胧，不甚可辨。自诣床下问之，瞠目曰：『我候汝主人，絮絮逼问，我岂暴客耶！』生笑曰：『主人在此。』少年即起着冠，揖而坐，极道寒暄，听其音，似曾相识。急呼灯至，则同邑朱生，亦死于七之难者。大骇却走，朱曳之云：『仆与君文字之交，何寡于情？我虽鬼，故人之念，耿耿不忘。今有所渎，愿无以异物猜薄之。』生乃坐，请所命。曰：『令女甥寡居无偶，仆欲得主中馈。屡通媒约，辄以无尊长命为辞。幸无惜齿牙余惠。』先是，生有女甥，早失恃[4]，遗生鞠[5]养，十五始归其家。俘至济南，闻父被刑，惊而绝。生曰：『渠自有父，何我之求？』朱曰：『其父为犹子启榇去，今不在此。』问：『女甥向依阿谁？』曰：『与邻媪同居。』生虑生人不能作鬼媒。朱曰：『如蒙金诺，还屈玉趾[6]。』遂起握生手，生固辞，问：『何之？』曰：『第行。』勉从与去。

北行里许，有大村落，约数十百家。至一第宅，朱以指弹扉，即有媪出，豁开两扉，问朱：『何为？』曰：『烦达娘子，云阿舅至。』媪旋反，顷复出，邀生入，顾朱曰：『两椽茅舍子大隘，劳公子门外少坐候。』生从之入。见半亩荒庭，列小室二。女甥迎门啜泣，生亦泣，室中灯火荧然。女貌秀洁如生，凝目含涕，遍问妗姑。生曰：『具各无恙，但荆人⑦物故矣。』女又呜咽曰：『儿少受舅妗抚育，尚无寸报，不图先葬沟渎，殊为恨恨。旧年伯伯家大哥迁父去，置儿不一念，数百里外，伶仃如秋燕。舅不以沉魂可弃，又蒙赐金帛，儿已得之矣。』生以朱言告，女俯首无语。媪曰：『公子曩托杨姥三五返，老身谓是大好。小娘子不肯自草草，得舅为政，方此意慊得。』言次，一十七八女郎，从一青衣遽掩入，瞥见生，转身欲遁。女牵其裾曰：『勿须尔！是阿舅。』生揖之。女郎亦敛衽⑧。甥曰：『九娘，栖霞公孙氏。阿爹故家子，今亦「穷波斯」，落落不称意。旦晚与儿还往。』生睨之，笑弯秋月，羞晕朝霞，实天人也。曰：『可知是大家，蜗庐人焉得如此娟好！』甥笑曰：『且是女学士，诗词俱大高。昨儿稍得指教。』九娘微哂曰：『小婢无端败坏人，教阿舅齿冷也。』甥又笑曰：『舅断弦未续，若个小娘子，颇能快意否？』九娘笑奔出，曰：『婢子颠疯作也！』遂去，言虽近戏，而生殊爱好之，甥似微察，乃曰：『九娘才貌无双，舅倘不以粪壤致猜，儿当请诸其母。』生大悦，然虑人鬼难匹。女曰：『无伤，彼与舅有夙分。』生乃出。女送之，曰：『五日后，月明人静，当遣人往相迓。』生至户外，不见朱。翘首西望。月衔半规，昏黄中犹认旧径。见南面一第，朱坐门石上，起逆曰：『相待已久，寒舍即劳垂顾。』遂携手入，殷殷展谢。出金爵一、晋珠百枚，曰：『他无长物，聊代禽仪。』既而曰：『家有浊醪，但幽室之物，不足款嘉宾，奈何！』生㧑谢而退。朱送至中余，始别。

生归，僧仆集问，隐之曰：『言鬼者妄也，适友人饮耳。』后五日，朱果来，整履摇，意甚欣。方至户，望尘即拜。笑曰：『君嘉礼既成，庆在旦夕，便烦枉步。』生曰：『以无回音，尚未致聘，何遽成礼？』朱曰：『仆已代致之。』生深感荷，从与俱去。直达卧所，则女甥华妆迎笑。生问：『何时于

归？』女曰：『三日矣。』朱乃出所赠珠，为甥助妆。女三辞乃受，谓生曰：『儿以舅意白公孙老夫人，夫人作大欢喜。但言老耄无他骨肉，不欲九娘远嫁，期今夜舅往赘诸其家。伊家无男子，便可同郎往也。』朱乃导去。村将尽，一第门开，二人登其堂。俄白：『老夫人至。』有二青衣扶妪升阶。生欲展拜，夫人云：『老朽龙钟，不能为礼，当即脱边幅。』指画青衣，进酒高会。朱乃唤家人，另出肴俎，列置生前；亦别设一壶，为客行觞。筵中进馔，无异人世。然主人自举，殊不劝进。既而席罢，朱归。青衣导生去，入室，则九娘华烛凝待。邂逅含情，极尽欢昵。初，九娘母子，原解赴都。至郡，母不堪困苦死，九娘亦自到。枕上追述往事，哽咽不成眠。乃口占两绝云：『昔日罗裳化作尘，空将业果恨前身。十年露冷枫林月，此夜初逢画阁春。』『白杨风雨绕孤坟，谁想阳台更作云？忽启镂金箱里看，血腥犹染旧罗裙。』天将明，即促曰：『君宜且去，勿惊厮仆。』自此昼来宵往，嬖惑殊甚。

一夕问九娘：『此村何名？』曰：『莱霞里。里中多两处新鬼，因以为名。』生闻之欷歔。女悲曰：『千里柔魂，蓬游无底，母子零孤，言之怆恻。幸念一夕恩义，收儿骨归葬墓侧，使百年得所依栖，死且不朽。』生诺之。女曰：『人鬼路殊，君不宜久滞。』乃以罗袜赠生，挥泪促别。生凄然出，忉怛不忍归。因过叩朱氏之门。朱白足出逆；甥亦起，云鬓笼松，惊来省问。生惆怅移时，始述九娘语。女曰：『妗氏不言，儿亦夙夜图之。此非人世，不可久居。』于是生含涕而别。叩寓归寝，展转申旦。欲觅九娘之墓，则忘问志表。及夜复往，则千坟累累，竟迷村路，叹恨而返。展视罗袜，着风寸断，腐如灰烬，遂治装东旋。

半载不能自释，复如稷门，冀有所遇。及抵南郊，日势已晚，息树下，趋诣丛葬所。但见坟兆万接，迷目榛荒，鬼火狐鸣，骇人心目。惊悼归舍。失意遨游，返辔遂东。行里许，遥见一女立丘墓上，神情意致，怪似九娘。挥鞭就视，果九娘。下与语，女径走，若不相识。再逼近之，色作怒，举袖自障。顿呼『九娘』，则烟然灭矣。

异史氏曰：香草沉罗，血满胸臆；东山佩玦，泪渍泥沙。古有孝子忠臣，至死不谅于君父者。公孙九娘岂以负骸骨之托，而怨怼不释于中耶？脾膈间物，不能掬以相示，冤乎哉！

注释

①于七一案：指于七反清事件。于七，名乐吾，字孟熹，行七，山东栖霞人。清顺治五年，率众起义反清，清政府对起义地区的人民进行残酷镇压，许多人无辜惨死。

②连坐：被别人牵连而获罪。坐，获罪。

③碧血：用『血化为碧』的典故。据《庄子·外物》载，周大夫苌弘无辜被杀，人们被他的正气所感动，将他的血收藏起来，三年后变为碧玉。

④失恃：丧母。《诗·小雅·蓼莪》：『无父何怙，无母何恃。』

⑤鞠：养育，抚养。

⑥屈玉趾：劳烦您走一趟。玉趾，即贵步，称人行趾的敬辞。

⑦荆人：旧时对人称己妻的谦辞。

⑧敛衽：古时的一种拜礼。后专指妇女行礼。

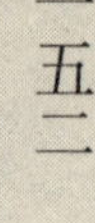

田七郎

武承休，辽阳人，喜交游，所与皆知名士。夜梦一人告之曰：『子交游遍海内，皆滥交耳。惟一人可共患难，何反不识？』问：『何人？』曰：『田七郎非与？』醒而异之。诘朝见所游，辄问七郎。客或识为东村业猎者，武敬谒诸家，以马棰挝门。未几一人出，年二十余，貙目蜂腰，着腻帢①，衣皂犊鼻②，多白补缀，拱手于额而问所自。武展姓氏，且托途中不快，借庐憩息。问七郎，答曰：『我即是也。』遂延客入。见破屋数椽，木岐支壁。入一小室，虎皮狼蜕，悬布楹间，更无杌榻可坐，七郎就地设皋比焉。武与语，言词朴质，大悦之。遽贻金作生计，七郎不受；固予之，七郎受以白母。俄顷将还，固辞不受。武强之再四，母龙钟而至，厉色曰：『老身止此儿，不欲令事贵客！』武惭而退。归途展转，不解其意。适从人于室后闻母言，因以告武。先是，七郎持金白母，母曰：『我适睹公子有晦纹，必罹奇祸。闻之：受人知者分人忧，受人恩者急人难。富人报人以财，贫人报人以义。无故而得重赂，不祥，恐将取死报于子矣。』武闻之，深叹母贤，然益倾慕七郎。翼日设筵招之，辞不至。武登其堂，坐而索饮。七郎自行酒，陈鹿脯，殊尽情礼。越日武邀酬之，乃至。款洽甚欢。赠以金，即不受。武托购虎皮，乃受之。归视所蓄，计不足偿，思再猎而后献之。入山三日，无所猎获。会妻病，守视汤药，不遑操业。浃旬妻淹忽以死，为营斋葬，所受金稍稍耗去。武亲临唁送，礼仪优渥。既葬，负弩山林，益思所以报武。武探得其故，辄劝勿亟。切望七郎姑一临存，而七郎终以负债为憾，不肯至。武因先索旧藏，以速其来。七郎检视故革，则蠹蚀殃败，毛尽脱，懊丧益甚。武知之，驰行其庭，极意慰解之。又视败革，曰：『此亦复佳。仆所欲得，原不以毛。』遂轴鞹出，兼邀同往。七郎不可，乃

自归。七郎终以不足报武为念，裹粮入山，凡数夜，得一虎，全而馈之。武喜，治具，请三日留，七郎辞之坚，武键庭户使不得出。宾客见七郎朴陋，窃谓公子妄交。武周旋七郎，殊异诸客。为易新服却不受，承其寐而潜易之，不得已而受。既去，其子奉媪命，返新衣，索其敝裰。武笑曰：『归语老姥，故衣已拆作履衬矣。』自是。七郎以兔鹿相贻，召之即不复至。武一日诣七郎，值出猎未返。媪出，跨闾而语曰：『再勿引致吾儿，大不怀好意！』武敬礼之，惭而退。

半年许，家人忽白：『七郎为争猎豹，殴死人命，捉将官里去。』武大惊，驰视之，已械收在狱。见武无言，但云：『此后烦恤老母。』武惨然出，急以重金赂邑宰，又以百金赂仇主。月余无事，释七郎归。母慨然曰：『子发肤受之武公子耳，非老身所得而爱惜者。但祝公子百年无灾患，即儿福。』七郎欲诣谢武，母曰：『往则往耳，见武公子勿谢也。小恩可谢，大恩不可谢。』七郎见武，武温言慰藉，七郎唯唯。家人咸怪其疏，武喜其诚笃，厚遇之，由是恒数日留公子家。馈遗辄受，不复辞，亦不言报。会武初度，宾从烦多，夜舍履满③。武偕七郎卧斗室中，三仆即床下卧。二更向尽，诸仆皆睡去，两人犹刺刺语。七郎背剑挂壁间，忽自腾出匣数寸，铮铮作响，光闪烁如电。武惊起，七郎亦起，问：『床下卧者何人？』武答：『皆厮仆。』七郎曰：『此中必有恶人。』武问故，七郎曰：『此刀购诸异国，杀人未尝濡缕，迄佩三世矣。决首至千计，尚如新发于硎。见恶人则鸣跃，当去杀人不远矣。公子宜亲君子，远小人，或万一可免。』武颔之。七郎终不乐，辗转床席。武曰：『灾祥数耳，何忧之深？』七郎曰：『我别无恐怖，徒以有老母在。』武曰：『何遽至此？』七郎曰：『无则更佳。』

盖床下三人：一为林儿，是老弥子，能得主人欢；一僮仆，年十二三，武所常役者；一李应，

最拗拙，每因细事与公子裂眼争，武恒怒之。当夜默念，疑此人。诘旦唤至，善言绝令去。武长子绅，娶王氏。一日武出，留林儿居守。斋中菊花方灿，新妇意翁出，斋庭当寂，自诣摘菊。林儿突出勾戏，妇欲遁，林儿强挟入室。妇啼拒，色变声嘶。绅奔入，林儿始释手逃去。武归闻之，怒觅林儿，竟已不知所之。过二三日，始知其投身某御史家。某官都中，家务皆委决于弟。武以同袍义④，致书索林儿，某弟竟置不发。武益恚，质词邑宰。勾牒⑤虽出，而隶不捕，官亦不问。武方愤怒，适七郎至。武曰：『君言验矣。』因与告诉。七郎颜色惨变，终无一语，即径去。武嘱干仆逻察林儿。林儿夜归，为逻者所获，执见武。武掠楚之，林儿语侵武。武叔恒，故长者，恐侄暴怒致祸，劝不如治以官法。武从之，絷赴公庭。而御史家刺书邮至，宰释林儿，付纪纲以去。林儿意益肆，倡言丛众中，诬主人妇与私。武无奈之，忿塞欲死。驰登御史门，俯仰叫骂，里舍慰劝令归。

逾夜，忽有家人白：『林儿被人脔割⑥，抛尸旷野间。』武惊喜，意稍得伸。俄闻御史家讼其叔侄，遂偕叔赴质。宰不听辨。欲笞恒。武抗声曰：『杀人莫须有！至辱詈缙绅，则生实为之，无与叔事。』宰置不闻。武裂眦欲上，群役禁之。操杖隶皆绅家走狗，恒又老耄，签数⑦未半，奄然已死。宰见武叔垂毙，亦不复究。武号且骂，宰亦若弗闻者。遂舁叔归，哀愤无所为计。因思欲得七郎谋，而七郎终不一吊问。窃自念待伊不薄，何遽如行路人？亦疑杀林儿必七郎。转念果尔，胡得不谋？于是遣人探索其家，至则扃鐍寂然，邻人并不知耗。

一日，某弟方在内廨⑧，与宰关说，值晨进薪水，忽一樵人至前，释担抽利刃直奔之。某惶急以手格刃，刃落断腕，又一刀始决其首。宰大惊，窜去。樵人犹张皇四顾。诸役吏急阖署门，操杖疾

呼。樵人乃自到死。纷纷集认，识者知为田七郎也。宰惊定，始出验，见七郎僵卧血泊中，手犹握刃。方停盖审视，尸忽突然跃起，竟决宰首，已而复踣。衙官捕其母子，则亡去已数日矣。武闻七郎死，驰哭尽哀。咸谓其主使七郎，武破产夤缘当路，始得免。七郎尸弃原野月余，禽犬环守之。武厚葬之。其子流寓于登，变姓为佟。起行伍，以功至同知将军。归辽，武已八十余，乃指示其父墓焉。

异史氏曰：一钱不轻受，正一饭不敢忘者也。贤哉母乎！七郎者，愤未尽雪，死犹伸之，抑何其神？使荆卿⑨能尔，则千载无遗恨矣。苟有其人，可以补天网之漏。世道茫茫，恨七郎少也。悲夫！

注释

①帢：便帽，相传为曹操所创。

②皂犊鼻：黑色围裙。犊鼻，围裙，因形如犊鼻故称。

③夜舍屦满：指旅馆里住满了。夜舍，馆舍，旅馆。屦，鞋子。屦满，指客满。

④同袍义：同事的情谊。《诗·秦风·无衣》：『岂曰无衣，与子同袍。』袍，过膝的外衣，类似后来的斗篷。

⑤勾牒：指拘捕犯人的公文。

⑥脔割：割碎。脔，割成小肉块。

⑦签数：指杖刑的杖数。古时执行杖刑时，由审讯者确定杖数，施刑者按照分付的数目施刑。

⑧内廨：官署的内舍。廨，旧时官吏办公的地方。

⑨荆卿：指战国人荆轲。荆轲曾奉燕国太子丹的命令去刺杀秦王嬴政，事败，被秦王所杀。